HÉSIODE ÉDITIONS

JACQUES BOULENGER

Le Saint Graal

Hésiode éditions

© Hésiode éditions.

1 rue Honoré - 93500 Pantin.
ISBN 978-2-493135-99-5
Dépôt légal : Octobre 2022

Impression Books on Demand GmbH

In de Tarpen 42
22848 Norderstedt, Allemagne

Le Saint Graal

I

Il y a longtemps que j'ai pris connaissance des merveilleuses aventures et faits étranges dont devise la haute histoire du Saint Graal. J'ai mis à les entendre et rapporter le sens que Nature m'a donné, car ces contes sont plaisants et de grande signifiance, et je pense que les bonnes gens (pourvu qu'ils aient pouvoir et loisir de les lire) s'en réconforteront et, grâce à eux, ôteront de leur cœur divers soucis et lourdes pensées. Certes, si ces récits sont peu prisés, ce sera de ceux qui ne savent pas ce qui a du prix en ce monde, et peu me chaut du blâme de telles gens ! En terre aride le bon grain ne peut pousser.

Aujourd'hui, je veux parler des grandes merveilles que plusieurs prud'hommes, chevaliers célestiels, les meilleurs qui furent jamais, accomplirent dans l'ancien temps. Des bons, on ne saurait jamais trop écrire ; mais, si peu de mal qu'on dise des mauvais, c'est toujours pénible à entendre ; aussi ai-je laissé les mauvais de côté : qu'ils soient loin de moi toujours ! que Dieu ne permette jamais qu'ils s'en approchent ! Or, écoutez : car pour ce que je vois que le temps est beau et clair, l'air pur, que la grande froidure de l'hiver est partie, et que nous sommes au commencement de la douce saison qu'on nomme printemps, je veux commencer mon livre, au nom de Dieu et de la Sainte Trinité, de la manière que voici :

II

Le jour de la Pentecôte, le roi Artus et la reine Guenièvre vêtirent leurs robes royales et posèrent leurs couronnes d'or sur leurs têtes ; et certes le roi était très beau ainsi et il avait bien l'air d'un prud'homme. Comme il sortait de la messe, passée l'heure de tierce, il trouva Lancelot qui revenait, en compagnie de Bohor, de l'abbaye de la forêt où il avait adoubé son fils Galaad, ainsi que le conte l'a rapporté. À tous trois, le roi fit joie, puis il commanda de mettre les tables, car à son avis il était grand temps de manger.

– Sire, dit Keu le sénéchal, nous avons toujours vu qu'aux grandes fêtes vous ne vous asseyiez point à votre haut manger avant qu'une aventure fût advenue en votre maison : à faire autrement, aujourd'hui, vous enfreindriez la coutume.

– Vous dites vrai, Keu. J'ai tant de joie de l'arrivée de Lancelot et de ses cousins qu'il ne me souvenait plus de cette coutume.

Or, tandis qu'ils parlaient ainsi, les chevaliers s'étaient approchés de la Table ronde. Sur chaque siège se trouvait écrit le nom de celui à qui la place appartenait. Mais, sur celui qu'on nommait le siège périlleux parce qu'aucun homme jamais ne s'y était assis sans être puni par Dieu, on s'aperçut que des lettres d'or nouvellement tracées (on ne sut jamais par qui) disaient ceci :

Quatre cent cinquante-quatre ans après la Passion de Jésus-Christ, le jour de la Pentecôte, ce siège aura son maître.

– En nom Dieu, s'écria Lancelot après avoir répété ces mots à haute voix, qui voudra faire le compte trouvera que c'est aujourd'hui même !

Tous les pairs et les compagnons de la Table ronde demeurèrent ébahis de cette grande merveille et Keu s'écria :

– Par mon chef, sire, vous pouvez maintenant dîner, car l'aventure ne vous a point failli !

– Allons ! dit le roi.

Les nappes mises et l'eau cornée, les chevaliers lavèrent leurs mains dans les bassins d'or, puis le roi s'assit sur son estrade et chacun a sa place ; et, comme les compagnons de la Table ronde étaient tous venus, tous les sièges furent occupés, hormis le siège périlleux. Mais, au moment qu'on allait servir le premier mets, soudain les portes et les fenêtres se fermèrent d'elles-mêmes ; puis, au milieu de la salle, apparut un vieillard en robe blanche, que nul n'avait vu entrer, et qui tenait par la main un chevalier vêtu d'une armure couleur de feu, mais sans écu.

– La paix soit avec vous ! dit le prud'homme à si haute voix que chacun l'entendit. Roi Artus, voici le vrai chevalier, le désiré, le promis, sorti du haut lignage du roi Salomon et de Joseph d'Arimathie, celui qui mènera à bien la quête du Saint Graal et achèvera les temps aventureux !

– Bienvenu soit-il, dit le roi en se levant, car nous l'avons longtemps attendu ! Jamais il n'y eut si grande joie que celle que nous lui ferons.

Alors le chevalier ôta son heaume et l'on vit qu'il était tout jeune ; et comme le gerfaut est plus beau que la pie, la rose que l'ortie et l'argent que le plomb, il était plus beau que tous ceux qui étaient là. Le vieillard le désarma et le conduisit par la main au siège périlleux, où il s'assit sans hésiter, en toute sûreté. Et quand les barons virent ce jouvenceau en cotte rouge et surcot vermeil fourré d'hermine prendre place si simplement au lieu que tant de bons et de vaillants avaient redouté et où étaient advenues déjà de si hautes aventures, il n'est aucun d'eux qui ne le tint pour son maître, car ils pensèrent que cette grâce lui était accordée par la volonté de Notre Sauveur. Mais quelle fut la joie de Lancelot, lorsqu'il reconnut que ce damoisel n'était autre que son fils Galaad !

– Roi, disait le vieillard, aujourd'hui tu obtiendras le plus grand honneur qui ait jamais été accordé à aucun roi de Bretagne : et sais-tu lequel ? Le Saint Graal entrera dans ta maison et rassasiera les compagnons de la Table ronde.

Là-dessus, il sortit par la grande porte qui pourtant était close, et sachez que jamais personne ne le revit plus. Mais, à peine eut-il disparu, un coup de tonnerre éclata, puis un rayon de soleil traversa les verrières, qui fit tout paraître deux fois plus clair dans la salle : ceux qui étaient là en furent illuminés comme de la grâce du Saint Esprit ; toutefois ils sentirent en même temps qu'ils étaient devenus aussi muets que les bêtes. Et voici qu'un vase en forme de calice apparut, caché sous un linge blanc, et qui semblait flotter dans l'air, car nul ne pouvait apercevoir qui le portait. Et aussitôt que ce très saint vase fut entré, le palais s'emplit de parfums, comme si l'on y eût répandu toutes les bonnes épices du monde. Et à mesure qu'il passait devant les tables, celles-ci se trouvaient chargées des viandes les plus exquises ; chacun eut devant soi justement celles qu'il désirait. Puis, quand tout le monde fut servi de la sorte, le vase s'en alla comme il était venu, on n'aurait su dire comment ; alors tous, grands et petits, retrouvèrent la parole et rendirent grâces à Dieu qui avait permis qu'ils eussent la visite du Saint Graal.

– Seigneurs, dit le roi, Notre Sire nous donne certes une haute marque d'amour en venant nous rassasier de Sa grâce en un si haut jour que celui de la Pentecôte !

– Encore y a-t-il autre chose que vous ne savez point, lui répondit messire Gauvain : c'est que chacun a été servi des viandes qu'il souhaitait et désirait ; et cela n'était jamais advenu ailleurs qu'à la cour du roi Pellès, au Château aventureux. Néanmoins il n'a été permis à aucun de nous d'apercevoir le Saint Graal sous l'étoffe qui le cachait. C'est pourquoi je fais vœu d'entrer en quête demain matin et d'y rester un an et un jour, ou davantage s'il le faut ; et, quoi qu'il m'arrive, je ne reviendrai qu'après avoir découvert la vérité du vase très précieux, à moins qu'il ne puisse ou qu'il ne doive pas m'être donné de la connaître : auquel cas je m'en retournerai.

Tous les compagnons de la Table ronde se levèrent et firent le même vœu que messire Gauvain, jurant qu'ils ne cesseraient jamais d'errer avant de s'être assis à la haute table où la douce nourriture était tous les jours servie, si toutefois cela pouvait leur être permis. Mais, à les écouter, le roi sentait un si grand chagrin que l'eau du cœur lui vint aux yeux.

– Gauvain, Gauvain, dit-il, vous m'avez trahi ! Car vous m'avez ôté mes amis, la plus belle compagnie et la plus loyale qui soit. Je sais bien que les compagnons de la Table ronde ne reviendront pas tous de cette quête et qu'il en manquera beaucoup : certes cela ne me peine pas peu ! Je les ai élevés aussi haut que j'ai pu et je les aime comme des fils et des frères… Ha, je doute beaucoup de les revoir jamais !

– Pour Dieu, sire, que dites-vous ? s'écria Lancelot. Un roi ne doit pas nourrir la crainte en son cœur, mais la hardiesse et l'espoir. Et si nous mourons en cette quête, ce sera la plus belle et la plus honorable des morts.

– Lancelot, Lancelot, c'est le grand amour que j'ai pour vous tous qui me fait parler ainsi ! Et ce qui me chagrine, c'est que je sais bien que vous ne serez pas rassemblés à la table du Graal comme vous l'êtes à celle-ci et que bien peu y seront admis !

À cela Lancelot ni messire Gauvain ne répondit rien, car ils sentaient que le roi disait vrai et qu'eux-mêmes, peut-être, n'auraient pas place à la haute tablé du Graal. De façon que messire Gauvain se serait repenti du vœu qu'il avait fait, s'il l'eût osé.

III

Cependant, tout le monde s'était levé et l'on vit que le siège périlleux portait maintenant le nom de Galaad, lequel vola de bouche en bouche, et tant qu'il parvint aux tables où la reine mangeait avec ses dames. Ah ! quand elle sut comment Lancelot avait juré, ainsi que ses compagnons, de partir en quête de la vérité du Graal, elle eut tant de chagrin qu'elle en pensa pâmer !

– Hélas ! disait-elle en pleurant, c'est grand dommage, car cette quête ne se terminera pas sans que maint prud'homme y trouve sa mort ! Je m'étonne que messire le roi l'ait permise.

Presque toutes les dames s'étaient mises à pleurer avec elle et ce n'était pas merveille, car la plupart étaient les femmes épousées ou les amies de ceux de la Table ronde. Aussi, quand les tables furent ôtées et qu'elles furent assemblées dans la salle avec les chevaliers, chacune dit à celui qu'elle aimait qu'elle voulait aller avec lui à la quête du Graal. Mais aucun ne consentit, car ils sentaient tous qu'une quête si haute et des secrets mêmes de Notre Seigneur ne pouvait être entreprise comme les autres quêtes terriennes qu'ils avaient menées jusqu'à ce jour.

La reine, cependant, était venue s'asseoir auprès de Galaad et elle lui demandait dans quel pays il était né, et de qui. Il lui apprit ce qu'il en savait, mais non qu'il était fils de Lancelot. Pourtant elle le devina à leur ressemblance et pour ce qu'elle avait souvent entendu parler de l'enfant issu de la fille du roi Pellès.

– Ha, sire, lui dit-elle, pourquoi me celez-vous le nom de votre père ? À votre place, je n'aurais pas honte de le nommer, car il est le meilleur et le plus beau chevalier du monde. Et vous lui ressemblez si fort que le plus niais s'en apercevrait.

– Dame, répondit Galaad en rougissant, puisque vous le connaissez si bien, nommez-le.

– En nom Dieu, c'est Lancelot du Lac, le plus gentil et le mieux aimé chevalier qui vive en ce temps.

– Dame, si c'est vrai, on le saura bientôt céans.

Longtemps ils parlèrent ainsi, jusqu'à ce que vînt l'heure du souper. Et, après qu'ils eurent mangé, le roi mena Galaad dans sa propre chambre et le fit coucher, par honneur, dans le lit où il avait coutume de dormir lui-même.

IV

Or, la reine pleura toute la nuit. Mais le lendemain, dès qu'il plut à Dieu que les ténèbres disparussent, elle vint avertir son seigneur que les chevaliers l'attendaient pour entendre la messe. Le roi Artus essuya ses yeux, afin qu'on ne s'aperçût pas du grand deuil qu'il avait mené, lui aussi, à cause du départ de ses amis ; puis il se rendit à l'église avec ceux de la Table ronde, tout armés, hors la tête et les mains.

La messe chantée, les compagnons de la quête se réunirent dans la salle du palais pour prêter serment. Comme maître et seigneur de la Table ronde, Galaad s'agenouilla le premier devant les reliques et jura de ne jamais revenir avant que de savoir la vérité du Graal, s'il pouvait lui être donné de la connaître en aucune manière. Après lui jurèrent Lancelot, messire Gauvain, messire Yvain le grand, Perceval le Gallois, Lionel, Bohor, Hector des Mares, tous les compagnons, au nombre de cent cinquante, dont pas un n'était couard. Ensuite ils déjeunèrent ; puis ils lacèrent leurs heaumes et ceignirent leurs épées.

Cependant la reine s'était retirée dans sa chambre, où elle se laissa choir sur son lit, pleurant si fort, que le plus dur cœur eût eu pitié d'elle. Lancelot vint la voir, mais quand elle l'aperçut tout armé comme il était et prêt à partir, les larmes coulèrent sur son clair visage.

– Ha, dame, dit-il, donnez-moi votre congé !

– Non, vous ne partirez pas avec mon congé ! Mais, puisqu'il le faut, allez en la garde de Celui qui se laissa mettre en croix pour nous ! Qu'Il vous conduise où vous irez !

– Dame, Dieu le veuille en Sa sainte miséricorde !

Là-dessus Lancelot quitta la reine et s'en vint dans la cour, où il trouva ses compagnons dont beaucoup étaient déjà à cheval. Le roi, qui arrivait, s'étonna de voir que Galaad ne portait point d'écu.

– Sire, je ferais mal si j'en prenais un ici.

– Que Dieu vous conseille donc ! dit le roi.

Et il monta lui-même sur un palefroi pour faire compagnie aux chevaliers, qu'il escorta, menant grand deuil, jusqu'au château Vagan. Mais là Galaad, messire Gauvain, Lancelot, tous les compagnons ôtèrent leurs heaumes et ils vinrent, l'un après l'autre, lui donner le baiser d'adieu ; après quoi chacun d'eux partit à son aventure, tandis que le roi, plus dolent qu'on ne saurait dire, regagnait Camaaloth.

V

Galaad chevaucha quatre jours sans rien voir qui mérite d'être narré dans un conte. Le cinquième, à vêpres, il parvint à une blanche abbaye où les moines lui firent bel accueil quand ils surent qu'il était chevalier errant, et, après l'avoir désarmé, ils le conduisirent dans une chambre où deux prud'hommes se trouvaient déjà, dont l'un était blessé et couché dans un lit : c'étaient le roi Ydier et messire Yvain. Il courut à eux les bras tendus et s'informa de ce qui était arrivé au roi Ydier.

– Sire, répondit le blessé, il y a dans cette abbaye un écu dont les moines disent que seul pourra le porter sans être tué, ou navré, ou vaincu, le meilleur chevalier du monde. Quand il sut cela, messire Yvain déclara qu'il ne le rendrait jamais ; mais moi, ce matin, je l'ai pendu à mon cou et je suis sorti avec un écuyer que les rendus m'avaient donné. Je n'avais pas fait deux lieues que je vis un chevalier aux armes couleur de neige qui me courait sus aussi vite que son cheval pouvait aller. Je m'élançai à mon tour, mais ma lance se brisa sur son écu, tandis qu'il m'enfonçait la sienne dans l'épaule et me jetait à bas de mon destrier. « Sire chevalier, me dit-il, vous êtes bien fou de vous être servi de cet écu, tout souillé de péchés comme vous êtes ! Notre Sire m'a envoyé pour tirer vengeance de ce méfait. Retournez à l'abbaye, et quand Galaad, le sergent de Jésus-Christ, y sera venu, dites-lui qu'il prenne hardiment le bouclier et qu'il vienne ici : je lui en dirai la signifiance. »

Le lendemain donc, après la messe, un des moines mena Galaad derrière le maître autel et lui montra un bel écu blanc à croix vermeille, qui fleurait une odeur plus douce que celle des roses. Et Galaad le prit, et quand il fut parvenu au lieu où le roi Ydier avait été blessé la veille, il vit accourir le blanc chevalier, qui lui dit :

– Sache que, trente-deux ans après la Passion de Jésus-Christ, Joseph d'Arimathie, le gentil chevalier qui décloua le Sauveur de la croix, vint à Sarras où il convertit un roi sarrasin et mécréant qu'on appelait Évalac le méconnu et qui reçut à son baptême le nom de Mordrain. En partant pour la Bretagne, il lui laissa un écu blanc sur lequel il avait fait peindre une croix en mémoire de Notre Seigneur. Or, il arriva que Joseph et son fils l'évêque Josephé furent emprisonnés par un roi breton nommé Crudel. Mais Mordrain, à son tour, s'embarqua par le commandement de Dieu et vint dans la Bretagne bleue où, avec l'aide de son beau-frère Nascien, il vainquit Crudel et délivra les prisonniers. Après la bataille, ils virent passer un homme qui avait le poing coupé ; l'évêque Josephé l'appela et lui dit de toucher l'écu du roi Mordrain ; et aussitôt que l'homme eut fait cela, il se trouva guéri ; mais la croix disparut de l'écu et demeura marquée sur son bras.

« Peu après, le roi Mordrain commit une grande faute : une nuit, il souhaita si fort de connaître la vérité du Graal qu'il se rendit dans la chambre où le saint vase était gardé, et il venait de soulever la patène, lorsque Dieu lui envoya un ange qui lui perça les deux cuisses d'un coup de lance : depuis lors il vit quelque part en ce monde, aveugle et paralytique, et ainsi sera-t-il jusqu'à la venue du chevalier qui le délivrera. Quand Josephé fut au point de trépasser du siècle, Mordrain, le roi mehaigné, le supplia de lui laisser quelque souvenir de lui. Alors l'évêque traça de son propre sang une croix sur l'écu et promit au roi mehaigné qu'elle demeurerait fraîche et vermeille tant que l'écu durerait. « Et il ne disparaîtra point de si tôt, ajouta-t-il, car nul ne le pendra à son cou qui ne s'en repentisse, avant celui à qui Dieu le destine. Faites garder cet écu au lieu même où Nascien, votre beau-frère, mourra : le bon chevalier désiré y viendra cinq jours après avoir reçu l'ordre de chevalerie. »

Ainsi parla celui qui portait des armes blanches comme neige neigée ; puis il s'évanouit. Et Galaad reçut de la sorte son écu.

VI

Quelques jours plus tard, il parvint au sommet d'un coteau. C'était, par un matin d'été, quand l'alouette s'amuse à crier à voix pure. Le temps était beau et clair, le jour resplendissait : le chevalier s'arrêta à écouter le merle et la pie, et, comme il regardait la plaine alentour, il aperçut, au pied de la colline, un fort château entouré d'une rivière grosse et rapide. Il se mit en devoir de s'y rendre ; mais, lorsqu'il en approcha, sept demoiselles très bien voilées vinrent à sa rencontre.

– Sire chevalier, dit l'une d'elles, ignorez-vous que cette rivière est l'Averne et cette forteresse le châtel aux Pucelles ? Sachez que toute pitié en est absente. Vous feriez mieux de retourner sur vos pas, car ici vous ne récolteriez que honte.

À cela Galaad ne répondit mot ; mais il s'assura que rien ne manquait à ses armes, et continua d'avancer à grande allure. Alors sept chevaliers sortirent du château.

– Gardez-vous de nous, lui cria l'un d'eux, car mes frères et moi, nous ne vous assurons que de la mort.

– Comment ? Voulez-vous jouter contre moi tous les sept à la fois ?

Déjà ils s'élançaient, et leurs sept lances heurtèrent ensemble son écu sans l'ébranler sur sa selle, mais si rudement qu'ils arrêtèrent net son cheval. Pour lui, il abattit celui auquel il s'était adressé ; puis il fit briller son épée et courut sus aux autres, frappant de telle force qu'il n'était d'armure qui pût garantir de ses coups. Ainsi dura la mêlée, et tant que les sept frères, qui étaient pourtant d'une grande prouesse, se trouvèrent si las et mal en point qu'ils ne pouvaient presque plus se défendre. Galaad, au contraire, était aussi frais qu'en commençant, car l'histoire du Graal témoigne qu'on ne le vit jamais fatigué pour travail de chevalerie qu'il eût fait. En sorte que les sept chevaliers, voyant qu'ils ne pouvaient plus durer contre lui, ils s'enfuirent. Et sachez qu'il ne les poursuivit point.

Quand il fut entré dans le château, il y vit errer des pucelles en si grand nombre qu'il n'aurait su les compter. Et, toutes, elles étaient pareillement vêtues de camelot noir et voilées de lin blanc.

– Sire, disaient-elles, soyez le bienvenu, car nous vous avons longtemps attendu ! Dieu soit béni, qui vous a conduit ici ! On doit comparer votre venue à celle de Jésus-Christ, car les prophètes avaient annoncé celle du Sauveur, mais les moines prédisent la vôtre depuis plus de vingt ans.

Cependant, l'une d'elles lui présentait un cor d'ivoire à bandes d'or richement ouvrées, et le priait d'en sonner. Il dit qu'il ne le ferait point avant que de savoir d'où venait la mauvaise coutume du lieu.

– Il y a sept ans, lui répondit-on, les sept frères que vous avez vaincus vinrent s'héberger dans ce château, en compagnie du duc Linor qui en était seigneur. La nuit, ils voulurent prendre de force la fille de leur hôte et, parce qu'il s'y opposait, ils le tuèrent. Puis ils obligèrent tous ceux du pays à leur rendre hommage. « Seigneurs, leur prédit un jour la fille du duc, vous avez gagné cette forteresse à l'occasion d'une femme, mais vous la perdrez de même. Et vous serez vaincus tous sept par le corps d'un seul chevalier. » Dont ils eurent grand dépit : ils jurèrent qu'il ne passerait point une pucelle qu'ils ne retinssent, et cela jusqu'à ce qu'un chevalier les eût menés tous les sept à merci. C'est depuis ce temps qu'on a nommé cette forteresse le châtel aux Pucelles.

Alors Galaad prit le cor d'ivoire et il en sonna si haut qu'on l'entendit bien à dix lieues à la ronde, en sorte que, peu après, les vassaux du château commencèrent d'arriver. Il leur fit rendre hommage à la fille du duc Linor et jurer sur les reliques qu'ils renonceraient à la mauvaise coutume établie par les sept frères. Après quoi les pucelles prisonnières partirent, chacune pour son pays.

Le lendemain, quand il eut entendu la messe, Galaad s'éloigna à son tour. Et bientôt, dans la forêt, il remarqua un chêne, le plus haut, le plus ancien, le plus feuillu qu'il eût jamais vu : à sa cime l'arbre portait une croix, et sous ses feuilles des oiseaux chantaient si mélodieusement que c'était merveille, tandis que deux petits enfants tout nus, on ne peut plus beaux, âgés de sept ans ou environ, jouaient et couraient de branche en branche. Galaad les conjura au nom du Père, du Fils et du Saint Esprit, de lui dire s'ils étaient de Dieu.

– Doux ami, répondirent-ils, nous sommes de par Dieu ; nous venons de ce Paradis terrestre d'où Adam fut chassé, afin de t'enseigner la signifiance de ce qui t'est advenu. Sache que par le château des Pucelles tu dois entendre l'enfer. Ces pucelles, ce sont les bonnes âmes qui y étaient enfermées à tort avant la venue du Sauveur, et les sept chevaliers sont les sept péchés capitaux qui, alors, régnaient sans droit sur le monde. Tout de même que le Père des cieux envoya son Fils sur terre pour délivrer les bonnes âmes, ainsi il te manda comme son chevalier et sergent pour mettre en liberté ces pucelles, qui sont pures et nettes autant que fleurs de lys qui n'ont senti la chaleur du jour. Maintenant, prends cette route, à droite, devant toi.

Là-dessus, les enfants disparurent, et avec eux le chêne et la croix. Et Galaad se demandait s'il n'avait pas été trompé par l'Ennemi, lorsqu'une grande ombre passa et repassa devant lui plus de sept fois : il se signa, sentant son cheval trembler de peur sous lui, et tout aussitôt une Voix sortit de l'ombre et lui enjoignit de croire les enfants. Alors il prit la route qui lui était assignée.

Mais le conte laisse pour un moment de parler de lui, voulant dire ce qui advint à Perceval le Gallois, après qu'il se fut séparé de ses compagnons à la Croix Vagan.

VII

Un jour, son cheval, qui marchait depuis le matin, mit le pied dans un trou et tomba si malheureusement, tant il était recru, qu'il se rompit le cou. Perceval se releva meurtri, mais sans grand mal, et reprit son chemin à pied. Il alla ainsi jusqu'à la nuit, et comme il se sentait très las, et qu'il ne voyait ni abri ni maison, il s'étendit sous un arbre et s'endormit.

Or, à minuit, il s'éveilla : devant lui se tenait une femme, on ne peut plus belle et avenante, qui lui demanda ce qu'il faisait là.

– Ni bien ni mal, répondit-il, mais, si j'avais un cheval, je m'en irais volontiers.

– Qu'à cela ne tienne ! Je vais t'amener le plus beau destrier qui soit.

Perceval accepta, car il était simple de cœur et ne songeait pas à malice : et la femme rentra dans l'ombre, puis en ressortit presque aussitôt, menant en main un grand cheval, le mieux fait et le plus richement harnaché qu'on ait jamais vu ; sachez en effet que le frein et les étriers en étaient de fin or et les arçons d'ivoire tout gemmé de pierreries et émaillé de fleurettes ; mais l'œil luisait comme un charbon ardent et la robe était si finement noire que c'était merveille de la voir.

D'abord qu'il aperçut ce destrier, Perceval éprouva une sorte d'horreur : mais, preux comme il était, il sauta en selle hardiment, piqua des deux et le cheval partit comme un carreau d'arbalète, de manière qu'en peu de temps il fut bien loin de la forêt. La lune luisait claire et Perceval s'ébahissait à voir passer si vite les bois et les champs ; mais, quand il se trouva à l'entrée d'une obscure vallée au fond de laquelle miroitait un lac noir, et qu'il aperçut que le destrier volait droit vers cette eau sur quoi n'était ni pont ni planche, il eut si grand peur qu'il leva la main et se signa. Aussitôt l'Ennemi, chargé du poids de la Croix qui était trop lourd pour lui, poussa un hurlement épouvantable et jeta son cavalier à terre, puis il sauta dans le lac qui brasilla et d'où jaillirent flammes et étincelles : tel un bûcher ardent où tombe une pierre. Par quoi Perceval le Gallois comprit que c'était le diable qui l'avait emporté.

Il s'écarta de l'eau le plus qu'il put, afin d'échapper aux assauts des démons, s'agenouilla et, tendant les mains vers le ciel, remercia Dieu de bon cœur. Jusqu'à l'aube, il pria de la sorte ; mais, quand le soleil eut fait son tour au firmament et que le jour clair et beau eut abattu la rosée, il se remit en marche vers l'Orient.

VIII

Il chemina tant qu'à vêpres, il arriva près d'une maison forte où il fut très bien hébergé. Le lendemain, il fut entendre la messe, et comme il sortait de la chapelle, il s'entendit appeler par son nom. Il s'approcha d'une petite fenêtre d'où venait la voix et aperçut une recluse : à peine l'eût-on crue vivante, tant elle était maigre et desséchée.

– Perceval, Perceval, lui dit-elle, je sais bien qui vous êtes ! Ne me reconnaissez-vous pas ?

– Non, dame, par ma foi !

– Sachez que je suis votre tante. Jadis j'étais une des riches dames de ce monde, et pourtant cette richesse ne me plaisait point autant que la pauvreté où vous me voyez à cette heure.

Perceval alors lui demanda des nouvelles de sa mère dont il ignorait si elle était morte ou vive, car il ne l'avait pas vue depuis très longtemps.

– Beau neveu, dit la recluse, jamais plus vous ne la rencontrerez, si ce n'est en songe, car elle mourut de chagrin après votre départ pour la cour du roi Artus.

– Notre Sire ait pitié de son âme ! répondit Perceval. Certes la perte que j'en ai faite me chagrine cruellement. Mais, puisque Dieu l'a voulu, il me la faut souffrir ; ma mère est à présent où il nous faudra tous venir.

Ce disant, des larmes lui tombaient des yeux, très grosses. Au bout d'un moment il ajouta :

– Dame, je suis en quête du Saint Graal, qui est chose si célestielle que je voudrais bien le conseil de Dieu : ne m'en pourriez-vous dire quelque chose ?

– Beau neveu, c'est la plus haute quête qui ait jamais été entreprise, et il y aura tant d'honneur pour celui qui la mènera à bonne fin que nul cœur d'homme ne le saurait concevoir. Sachez qu'il y a eu en ce monde trois tables principales. La première fut celle où le Sauveur fit la sainte Cène avec les apôtres, celle qui porta la nourriture du ciel, propre aux âmes comme aux corps, et qui fut établie par l'Agneau sans tache, sacrifié pour notre rédemption.

« La deuxième fut fondée par Joseph d'Arimathie à l'image de la première : ce fut la table du Saint Graal ; et il s'y trouvait un siège qui avait été fait en mémoire de celui où Jésus-Christ s'assit le jour de la Cène et où jamais nul ne prit place depuis Moïse l'impudent, qui fut englouti dans la terre.

« La troisième fut établie par le conseil de Merlin en l'honneur de la sainte Trinité et elle eut nom la Table ronde pour signifier la rondeur du monde ; aussi voit-on que les chevaliers de la Table ronde sont venus de toutes les contrées où fleurit la chevalerie, soit en chrétienté, soit en payennerie ; et tous ceux qui y sont admis y siègent égaux, sans nulle préséance. Mais, comme l'a prédit Merlin, personne ne pourra s'asseoir au siège périlleux sans risquer le sort de Moïse, hormis le vrai chevalier, le promis, le désiré, qui conquerra la vérité du Saint Graal.

« Notre Sire a voulu que Galaad fût celui-là. Et je vous dirai pour quelle raison les portes et les fenêtres du palais se fermèrent d'elles-mêmes avant qu'il apparût à la cour et pourquoi ses armes étaient vermeilles. Le Sauveur promit à ses apôtres durant sa Passion qu'il les viendrait visiter : c'est pourquoi, le jour de la Pentecôte, comme ils étaient réunis dans une maison dont tous les huis étaient clos, le Saint Esprit descendit sous la semblance d'une flamme pour les réconforter, et il les envoya par les terres étrangères prêcher le nom de Dieu et enseigner les saints Évangiles. De même, le vrai chevalier vint sous des armes couleur de feu, et il entra dans la salle bien que toutes les portes en fussent closes, et ce même jour fut entreprise la quête du Graal.

« Sachez que Galaad la mènera à bien, accompagné de deux chevaliers, dont l'un sera vierge et l'autre chaste. Bohor de Gannes sera celui-ci. Vous serez l'autre si vous vous gardez de l'Ennemi et maintenez votre corps net de toute tache de luxure, comme il est à cette heure. Sinon vous perdrez, comme Lancelot, l'honneur d'être compagnon de la Table du Saint Graal. »

Perceval répondit qu'ainsi ferait-il s'il plaisait à Dieu ; et il demeura tout le jour avec sa tante. Mais le lendemain, après la messe, il prit congé et, monté sur un bon destrier qu'on lui avait donné, il s'en fut par la haute forêt.

IX

Vers le soir, il parvint au rivage de la mer. Là, au bord des flots, s'élevait un riche pavillon, de forme ronde comme est le monde, d'où sortit, sitôt qu'il en fut proche, une des plus belles demoiselles qui se soient jamais vues en septentrion car sachez que ses cheveux semblaient d'or fin plutôt que de poil tant ils étaient luisants et bien colorés ; son front était haut, plein, lisse comme s'il eût été fait d'ivoire ou de cristal ; ses sourcils brunets et menus ; ses yeux verts, riants, non point trop ouverts ni trop peu ; son nez droit, ses joues blanches et rouges aux endroits qu'il faut ; enfin, que vous dirais-je de plus ? elle était si belle qu'il n'y eut jamais sa pareille, rapporte le conte.

Ainsi faite, elle appela Perceval à grande joie, et, après l'avoir désarmé, elle lui passa au col un riche manteau d'écarlate, tout fourré de martres zibelines ; et lui qui s'était fort lassé à cheminer tout le jour, avisant un lit, il s'y étendit et se prit à dormir.

À son réveil, il eut grand'faim et demanda à manger. Sur-le-champ la pucelle le conduisit à une table couverte de mets et de vins si délectables que jamais devant roi ni empereur il n'y en eut d'aussi précieux. Perceval en mangea et but tout son soûl, et, comme il avait des épices à volonté et que la pucelle lui versait sans cesse du vin, soit blanc, soit rouge, claret, vieux, nouveau, cuit ou rosé, il s'échauffa plus qu'il n'eût dû. Or, tant plus il buvait, tant plus la demoiselle lui semblait belle ; en même temps elle lui disait de très douces paroles, si bien qu'à la fin il la requit d'amour.

Elle refusa d'abord et se défendit quelque peu, afin qu'il fût plus ardent et désirant ; mais, quand elle le jugea à point, elle sourit et se coucha.

Perceval venait de s'étendre auprès d'elle lorsqu'il vit son épée à terre. Il allongea la main pour la relever et l'appuyer au lit ; mais, ce faisant, il remarqua la croix vermeille qui était gravée sur le pommeau, et cela lui rappela de se signer : il fit le signe de la croix sur son front. Dans le même moment, le pavillon et la femme s'évanouirent : il ne resta plus autour de lui qu'une fumée noire et une puanteur d'enfer.

– Beau doux Père Jésus-Christ, qui naquîtes de la Vierge Marie, cria-t-il tout effrayé, secourez-moi de Votre grâce ou je suis perdu !

À ces mots, la fumée disparut ; mais il demeura si dolent qu'il eût préféré d'être mort. Il tira du fourreau l'épée qui l'avait sauvé et s'en frappa la cuisse gauche, de façon que le sang jaillit. Puis, se voyant presque nu, ses habits d'une part, ses armes de l'autre, il se mit à pleurer.

– Hélas ! chétif, gémissait-il, mauvais que je suis, qui me suis trouvé si vite au point de perdre cette virginité qu'on ne peut jamais recouvrer !

Cependant, il essuyait son épée et reprenait ses chausses et sa robe ; puis, quand ce fut fait, il pria Notre Seigneur de lui envoyer Son conseil et Sa miséricorde ; enfin il s'étendit sur le rivage, car sa blessure l'empêchait de marcher, et mena toute la nuit grand deuil, suppliant Dieu de lui accorder Sa pitié afin que le diable ne l'induisît plus en tentation.

Au jour levant, il découvrit sur la mer une nef qui cinglait vers lui, vent arrière, et qui semblait voler comme l'oiseau, tant elle allait vite. Quand elle fut proche, il vit qu'elle avait des voiles de soie blanche comme fleur naissante ; et sur le bordage on pouvait lire en lettres d'or :

Ô homme qui veux entrer en moi, garde-toi de te faire si tu n'es plein de foi, et sache que je ne te soutiendrai plus et que je t'abandonnerai si tu tombes jamais en mécreance.

À l'avant se tenait un vieillard vêtu comme un prêtre de l'aube et du surplis ; mais il portait sur la tête, en guise de couronne, un bandeau de soie blanche, large de deux doigts, où étaient tracés des mots par lesquels Dieu était sanctifié.

– Perceval, dit ce prud'homme, seras-tu donc toujours simple d'esprit ? Monte en cette nef et va où ton aventure te mènera. Notre Sire te conduira si tu as foi en Lui.

Là-dessus, il disparut, et Perceval se traîna dans cette nef, et dès qu'il y fut entré, il sentit que sa jambe était guérie. Mais le conte laisse maintenant ce propos pour parler de Lancelot du Lac.

X

Après avoir erré longuement par la haute forêt, il parvint vers l'heure de none à un carrefour de deux routes ; une croix s'y dressait, sur laquelle des lettres gravées disaient :

Chevalier errant qui vas cherchant des aventures, voici deux chemins. Tous deux sont périlleux. Mais celui de gauche, n'y entre pas, car il te faudrait être trop prud'homme.

Lancelot savait tant de lettres qu'il pouvait très aisément entendre un écrit. Sans hésiter il tourna à gauche, et il ne tarda guère à voir sur une table, au milieu d'une clairière, une couronne d'or merveilleusement riche, qu'il prit aussitôt et mit sous son bras, pensant qu'il serait beau de la porter devant le peuple. Mais il n'avait pas fait une demi-lieue qu'il entendit le bois frémir derrière lui comme si une tempête se fût levée : c'était un chevalier couvert d'armes blanches qui lui courait sus à toute bride. Il pique des deux à son tour ; mais à la rencontre sa lance se brise comme une branche morte, tandis que l'autre le fait voler par-dessus la croupe de son destrier aussi aisément qu'un enfant ; et il demeure à terre tout meurtri et étourdi pendant que son vainqueur descend, prend la couronne et s'éloigne sans plus le regarder.

Tout dolent, Lancelot remonta comme il put sur son destrier et erra jusqu'à la nuit sans trouver ni maison, ni logis. Alors il dessella son cheval et le débrida ; avec son épée il lui coupa de l'herbe belle et drue au lieu de foin, lui frotta la tête et l'échine de sa cotte d'armes de soie ; après quoi il suspendit son écu à un arbre, ôta son heaume, déceignit son épée et s'endormit tout armé, dessous un chêne.

Or, voici qu'il vit venir en songe une litière où se trouvait un chevalier malade, laquelle s'arrêtait auprès d'une chapelle très antique et ruineuse. On en descendait le malade qui gémissait à cœur fendre, implorant Dieu de lui envoyer le précieux vase qui le guérirait, et si tendrement qu'il était impossible qu'on n'en fût point touché. Alors, au fond de la chapelle, apparut un grand chandelier d'argent où brûlaient six cierges, et derrière le chevalier, sur une table d'argent aussi, le Saint Graal voilé d'un linge blanc. À la force des bras, comme il put, le malade se traîna et fit tant qu'il baisa la table et la toucha de ses paupières.

– Beau Sire Dieu, s'écria-t-il, loué soyez-Vous ! Je suis maintenant aussi net et sain que si je n'eusse jamais souffert !

Et tandis que le très précieux vase s'éloignait précédé du candélabre, sans qu'on pût voir qui les portait, l'inconnu se leva guéri, et se tournant vers Lancelot endormi :

– Il faut que ce chevalier soit bien souillé de péchés, s'écria-t-il, pour que Dieu ne lui ait pas permis de s'éveiller et de saluer le Saint Graal ! Quelle honte pour lui !

Là-dessus, il s'empara de la lance, de l'épée, de l'écu et du heaume de Lancelot, comme on fait à un excommunié, sella le cheval, l'enfourcha et piqua des deux.

Quand le dormeur s'éveilla et se mit sur son séant, il ne vit pas trace de la chapelle, ni du chevalier, mais non plus de ses armes et de son destrier, et il entendit une Voix qui lui criait :

– Lancelot, plus dur que pierre, plus amer que bois, plus nu que figuier, comment es-tu si hardi que d'approcher des lieux où se trouve le Graal ? Va-t'en : ici, tout est empuanti par ta présence !

Ce qu'entendant, Lancelot se mit debout et s'en tut à pied par la forêt, la tête basse, sans heaume, sans écu, sans lance, sans épée. En vain le soleil commençait de luire : la douceur du temps et le chant des oisillons, bien loin de le réjouir, accroissaient son deuil, et, songeant que son Créateur le haïssait :

– Ha, Sire Dieu, se disait-il, c'est l'Ennemi qui m'a empêché de saluer le Saint Graal, et ce n'est point merveille, car, depuis que j'ai reçu la chevalerie, il n'est d'heure où je n'aie été couvert de ténèbres et de péché mortel : n'ai-je pas vécu dans la luxure ?

XI

Songeant ainsi, il parvint auprès d'une chapelle où il entra pour crier merci à Dieu. Un prêtre vêtu des armes de Notre Seigneur y chantait la messe, servi par son clerc. Quand il eut achevé, Lancelot l'appela et lui dit qu'il voulait se confesser. Tout d'abord le prud'homme lui demanda son nom ; puis :

– Sire, dit-il, vous devez beaucoup de reconnaissance à Dieu de ce qu'il vous a fait si bel et si vaillant. Servez-Le au moyen des grands dons qu'il vous a octroyés et ne ressemblez pas à ce mauvais sergent dont parle l'Évangile. Un baron distribua à ses écuyers une partie de son or : à l'un il bailla un besant, deux à l'autre, cinq au troisième. Celui-ci revint bientôt auprès de lui : « Sire, voici cinq besants que j'ai gagnés au moyen de ceux que tu m'avais donnés. – Viens, bon et loyal sergent, répondit le baron, je te prends dans ma maison. » À son tour, le second montra deux besants qu'il avait gagnés grâce aux deux qu'il avait reçus, et le chevalier l'accueillit très bien. Mais le troisième avait enfoui sa pièce d'or dans la terre et jamais il n'osa plus reparaître devant son seigneur. Ainsi, vous que Dieu a orné de plus grandes prouesses et vaillance que nul autre, vous Lui devez d'autant meilleur service.

– Sire, cette histoire des trois sergents me chagrine, car je sais bien que Jésus-Christ m'avait doué en mon enfance de toutes les bonnes grâces qu'un enfant peut avoir, mais je Lui ai mal rendu ce qu'il m'avait prêté, car j'ai toute ma vie servi Son ennemi, et je Lui ai fait la guerre par mes péchés.

Le prud'homme soupira, mais montrant à Lancelot un crucifix :

– Voyez cette croix, sire : Celui-ci a étendu ses bras comme pour recevoir chaque pécheur qui s'adressera à lui. Sachez qu'il ne vous repoussera pas si vous vous confessez par mon audience. Car nul ne peut être propre et net en ce monde sinon par la confession : c'est par elle qu'on chasse l'Ennemi de soi-même, et, même après dix ans, vingt ans, qu'on se nettoie du péché. Tous ceux qui sont entrés en cette haute quête du Graal devront passer par la porte appelée confession ; ainsi deviendront-ils chevaliers de Jésus-Christ et porteront Son écu, qui est fait de patience et humilité. Quant à ceux qui y sont entrés par une autre porte, non seulement ils ne trouveront pas ce qu'ils cherchent, mais ils tomberont dans le mal pour avoir voulu faire la besogne des chevaliers célestiels sans l'être. Ha ! ils auront honte et déshonneur à suffisance devant qu'ils reviennent !... Dites-moi donc vos péchés et je vous conseillerai selon mon pouvoir.

Lancelot hésitait : c'est qu'il ne voulait confier à personne ses amours avec la reine. Il soupirait du tréfonds de son cœur, incapable de parler, ne l'osant, quoiqu'il le désirât : tel celui qui est plus couard que hardi. Mais le prêtre l'exhortait si bien à se débarrasser du poids de son erreur, lui promettant la vie éternelle s'il l'avouait et les peines de l'enfer s'il la cachait, qu'enfin Lancelot commença de confesser la vérité.

– Sire, mon péché, c'est d'avoir aimé une dame toute ma vie : la reine Guenièvre, femme de monseigneur le roi Artus. C'est par elle que j'ai eu en abondance l'or, l'argent, tous les riches dons que j'ai souvent faits aux chevaliers pauvres ; c'est elle qui m'a mis en la hautesse où je suis ; c'est pour l'amour d'elle que j'ai accompli ces prouesses d'armes dont on parle. Hélas ! je sais bien que c'est en raison de cela que Dieu s'est courroucé contre moi, comme Il me l'a assez montré !

Et il conta comment un chevalier l'avait abattu sans peine, puis comment le Saint Graal lui était apparu en rêve sans que Notre Sire permît qu'il s'éveillât.

– Je vous dirai la signifiance de ce qui vous est advenu, reprit le prud'homme. La voie de droite, que vous avez dédaignée au carrefour, était celle de la chevalerie terrienne, où vous avez longtemps triomphé ; celle de gauche était la voie de la chevalerie célestielle, et il ne s'agit plus là de tuer des hommes et d'abattre des champions par force d'armes : il s'agit des choses spirituelles. Et vous y prîtes la couronne d'orgueil : c'est pourquoi le chevalier vous renversa si facilement, car il représentait justement le péché que vous veniez de commettre ainsi.

– Las ! sire, dites-moi maintenant pourquoi la Voix cria que j'étais plus dur que pierre, plus amer que bois et plus nu que figuier.

– C'est que la pierre est dure par nature : elle ne peut être amollie ni par feu ni par eau ; et ce feu c'est celui du Saint Esprit qui ne peut pénétrer votre cœur, et cette eau, c'est la douce pluie de Sa parole qui ne peut l'attendrir.

Mais ce que vous a dit la Voix peut encore s'entendre autrement. C'est d'une pierre que jadis le peuple d'Israël vit l'eau sortir dans le désert si abondamment que les gens eurent tous à boire : et ainsi de la pierre vient quelquefois la douceur. Mais toi, tu es plus dur et moins doux que la pierre. Et autant il devrait y avoir de douceur en toi, autant il s'y trouve d'amertume : tu es amer comme un bois pourri et mort.

« Et quant au figuier, souviens-toi que, lorsque Notre Sire vint à Jérusalem sur Son âne et que les enfants des Hébreux chantèrent le doux chant dont Sainte Église fait mention chaque année, le jour qu'on appelle Pâque fleurie, le Haut Maître prêcha parmi ceux en qui résidait toute dureté ; mais quand Il se fut fatigué à cela tout le jour, Il ne trouva personne pour l'héberger, si bien qu'Il sortit de la ville. Alors Il aperçut un beau figuier garni de feuilles et de branches, mais dépouillé de ses fruits, et Il maudit cet arbre qui ne fructifiait point. Toi de même, quand le Saint Graal vint, il te trouva dénué de bonnes pensées et de bonnes œuvres. Et c'est pourquoi la Voix t'a dit : Lancelot, plus dur que pierre, plus amer que bois et plus nu que figuier, va-t'en d'ici !

– Sire, dit Lancelot en pleurant, je jure à Dieu et à vous que je ne retournerai pas à la vie que j'ai menée, et que je garderai désormais ma chasteté, et que je ne pécherai plus avec la reine Guenièvre ni aucune autre.

Le prud'homme, joyeux, lui donna l'absolution et le bénit. Mais il le retint deux jours auprès de lui pour l'exhorter encore. Et le premier jour, il lui dit :

– Dans ton enfance, de bonnes vertus étaient en toi. Car, toutes les fois que tu songeais au mauvais désir de la chair, tu pensais qu'il n'est pas de plus haute chevalerie que de garder net et vierge son corps. Et tu étais humble : tu portais la tête inclinée. Et en toi tu avais la souffrance, telle une émeraude : rien ne vainc l'Ennemi comme la souffrance. Et tu avais la droiture, qui est vertu si puissante que par elle toutes choses sont estimées à leur valeur juste. Et tu avais la charité, car eusses-tu possédé toutes les richesses du monde, tu les eusses bien données pour l'amour de ton Créateur. Et le feu du Saint Esprit était alors chaud et ardent en toi, de façon que tu avais la volonté de maintenir ce que ces vertus t'avaient procuré.

« Ainsi fait, tu reçus le haut ordre de la chevalerie. Mais, quand l'Ennemi te vit ainsi armé et protégé de toutes parts, il se demanda comment il pourrait te tromper, et il pensa que ce serait par une femme plutôt que par aucun autre moyen : car c'est par une femme que notre premier père l'a été, et mêmement Salomon, le plus sage des hommes, et Samson, le plus fort, et Absalon, le plus beau. Alors l'Ennemi entra en la reine Guenièvre, qui ne s'était pas bien confessée au moment de son mariage, de manière qu'elle te regarda volontiers. Et toi, quand tu t'en aperçus, tu songeas à elle : et à ce moment l'Ennemi te frappa d'un de ses dards, à découvert, si rudement qu'il te fit chanceler et quitter la droite voie. C'est de la sorte que tu as pris la route de la luxure où, à peine y eus-tu mis le pied, tu perdis ton humilité et dressas la tête comme un lion, jurant en toi-même d'avoir à ta volonté celle que tu voyais si belle.

« Ainsi te perdit Notre Sire, qui t'avait garni de tant de bonnes grâces ; et toi qui devais être le sergent de Jésus-Christ, tu devins l'homme lige du diable. Du reste de vertu qui te demeura tu fis les grandes prouesses dont on parle ; cependant tu avais perdu l'honneur d'achever les aventures du Saint Graal, car ce n'est pas là une quête de choses terriennes que l'on mène à fin par la bravoure du corps, mais célestielles, où ne vaut que la force de l'âme.

Là-dessus le prud'homme se tut, et apercevant que Lancelot menait trop grand deuil :

– Lancelot, reprit-il, ne te trouble pas : si Notre Sire Dieu, qui est tant doux et débonnaire, voit que tu requiers de bon cœur Son pardon, Il t'enverra Sa grâce et tu Lui seras temple et logis : Il s'hébergera en toi.

Ils passèrent la journée à de tels discours, et le soir ils mangèrent un peu de pain sec et burent seulement de la cervoise ; puis ils se couchèrent, mais dormirent peu, car ils pensaient aux choses du ciel plutôt qu'à celles de la terre. Et le lendemain matin, le prud'homme donna une haire à Lancelot.

– Je vous recommande de prendre cette haire, lui dit-il, et tant que vous serez en quête du Saint Graal, vous ne mangerez pas de chair et ne boirez pas de vin : car c'est de pain et d'eau que les chevaliers célestiels doivent repaître leur corps, et non de ces nourritures fortes qui mènent l'homme à la luxure et au péché mortel.

Lancelot reçut la discipline de bon cœur. Puis il vêtit la haire qui était âpre et piquante, et par-dessus il passa sa robe et se couvrit des armes que le prud'homme lui donna. Après quoi, il prit humblement congé et s'en fut par la forêt profonde.

XII

Il n'avait pas beaucoup cheminé, lorsqu'il rencontra deux partis de chevaliers, les uns vêtus d'armes noires, les autres d'armes blanches, qui combattaient. Il courut à la rescousse du parti noir qui était le plus faible et commença de faire des merveilles d'armes contre les chevaliers blancs, en sorte que tout le monde lui eût donné le prix du tournoi. Et pourtant il ne pouvait abattre aucun de ceux auxquels il s'adressait ; vainement frappait-il sur eux comme dessus une pièce de bois, ils ne semblaient pas même sentir ses coups : si bien qu'à la fin, il se trouva las au point qu'il ne pouvait plus supporter le poids de ses armes, ni tenir son épée. Alors les chevaliers blancs s'emparèrent de lui et ils le gardèrent toute la nuit ; puis, quand le jour fut clair et beau, ils le laissèrent aller.

Il s'éloigna, songeant tristement qu'il avait perdu jusqu'au pouvoir de son corps, puisqu'il s'était vu prisonnier, lui qui n'était jamais venu à un tournoi sans en remporter l'honneur. Et il chevaucha de la sorte, si dolent qu'il ne savait plus qu'à peine ce qu'il faisait, jusqu'à l'heure de none qu'il sentit son cheval s'arrêter : à ses pieds coulait une large et tumultueuse rivière. Il regarda : il était dans un profond vallon, encaissé entre deux roches à pic. Il se préparait à retourner sur ses pas, lorsqu'un noir chevalier sortit soudain de l'onde et vint tuer son destrier. Alors Lancelot s'avança jusqu'au bord du fleuve, et là il s'arrêta : devant lui, l'eau infranchissable ; à sa droite et à sa gauche, des roches inaccessibles ; derrière, la forêt déserte où il devait cent fois mourir de faim. Il ôta ses armes, s'étendit sur le sol, les bras en croix, la tête tournée vers l'orient, et il se mit en prières, résolu d'attendre là que Notre Sire lui envoyât secours. Mais le conte le laisse à présent et devise de monseigneur Gauvain, le neveu du roi Artus, dont il n'a point parlé depuis longtemps.

XIII

Après qu'il eut quitté ses compagnons, il chevaucha plusieurs jours sans trouver d'aventure qui vaille d'être contée. Un soir, il arriva près d'un ermitage où il requit l'hospitalité au nom de la sainte charité. L'ermite, qui était vieux et ancien, la lui accorda, et, après lui avoir donné à manger, le mit en paroles et l'exhorta à se confesser, en lui alléguant de beaux exemples tirés des Évangiles, et en lui disant de songer au grand jour du Jugement où les saints eux-mêmes trembleront comme la feuille du figuier, quand Jésus-Christ montrera ses plaies et les fera saigner. Messire Gauvain regarda celui qui le conseillait ainsi, et, le voyant si prud'homme, il lui avoua tout ce dont il se sentait coupable envers Notre Seigneur, et d'abord qu'il ne s'était pas confessé depuis quatorze ans.

– Sire, lui dit le prêtre, quand vous reçûtes l'ordre de chevalerie, ce ne fut point pour devenir le serviteur de l'Ennemi, mais pour que vous fussiez le champion de Dieu et rendissiez à votre Créateur le trésor qu'il vous avait donné à garder : c'est votre âme. Et voilà que votre vie a été la plus mauvaise et la plus souillée qu'un chevalier ait jamais menée ! Pourtant, si vous vouliez vous amender, vous pourriez encore faire votre paix avec Notre Seigneur, à condition de vous repentir de vos péchés.

Mais messire Gauvain répondit qu'il ne pourrait souffrir de pénitence, et le prud'homme cessa de lui en parler, voyant que ce serait peine perdue.

Le lendemain, messire Gauvain repartit ; puis il chevaucha sans aventure jusqu'à la Madeleine, qu'il rencontra Hector des Mares. Et, certes, tous deux eurent grande joie de se revoir sains et saufs !

– Par ma foi, dit Hector, j'ai vainement parcouru des terres lointaines, des pays étrangers, des forêts sauvages, et j'ai crevé plus de dix chevaux, dont le pire était de grand prix, mais je n'ai trouvé aucune aventure. Cependant j'ai rencontré quinze ou vingt de nos compagnons : nul n'en a eu plus que moi.

Car tel fut le sort des chevaliers de la Table ronde quand ils furent en quête du Saint Graal : hormis Galaad, Perceval, Bohor et Lancelot, il ne leur arriva rien qui mérite d'être rapporté dans un livre ; et ils s'en ébahirent beaucoup, car ils avaient pensé qu'en une si haute quête ils pourraient faire maintes chevaleries

Messire Gauvain et Hector résolurent de cheminer ensemble quelque temps. Un jour qu'ils traversaient une prairie verdoyante, ils aperçurent un chevalier armé de toutes armes qui leur cria du plus loin qu'il les vit :

– Joute ! Joute !

– En nom Dieu, dit messire Gauvain, c'est la première occasion de jouter que je trouve depuis mon départ de Camaaloth. Puisque celui-ci requiert bataille, il l'aura.

– Beau sire, laissez-moi faire, s'il vous plaît, demanda Hector.

– Non, par ma foi !

Ce disant, messire Gauvain mit lance sur feutre et s'élança, bruyant comme alérion, tandis que l'inconnu s'adressait à sa rencontre. Tous deux poussèrent leurs lances et les appuyèrent de telle force que les sursangles, les sangles, les bricoles, les arçons rompirent et qu'ils se portèrent à terre, la selle entre les cuisses, si rudement que le cœur leur en pensa éclater. Mais, aussitôt qu'ils purent, ils se relevèrent et se coururent sus, l'épée nue. De son premier coup, le chevalier fendit l'écu jusqu'à la boucle et atteignit le heaume dont il fit sauter les fleurons et les pierreries. Gauvain sentit le choc, mais son courage s'en accrut : il haussa son arme et l'abattit de telle sorte, à son tour, qu'il trancha l'écu en deux parties, coupa le heaume, la coiffe de mailles et la peau du crâne. Dans le même temps, son adversaire, d'un revers, lui cassait deux dents et lui faisait cracher son sang rouge. Mais le milieu du jour approchait, et tel était le don qu'avait reçu messire Gauvain qu'à tierce sa valeur doublait, à midi elle quadruplait : furieux, il saisit le chevalier dans ses bras, où il le serra si fort que l'autre fut au point de pâmer de douleur, et, quand il le vit ainsi, il le laissa choir et lui bouta son épée dans la poitrine ; puis, sans la retirer, d'un coup il lui arracha son heaume, en en brisant les lacs. Et il reconnut à ce moment monseigneur Yvain le grand, fils du roi Urien. Alors il sentit son âme se serrer et l'eau du cœur lui monta aux yeux. Il souleva doucement son compagnon très ancien ; il le plaça sur son propre cheval, et, le soutenant par les flancs, suivi d'Hector qui portait en pleurant le heaume du blessé, il le conduisit à une blanche abbaye qui s'élevait non loin de là.

– Beau sire, lui dit en arrivant messire Yvain, c'est par la volonté du Sauveur et pour mes péchés que vous m'avez occis, et je vous le pardonne de bon cœur. En nom Dieu, si vous retournez à la cour du roi Artus, saluez ceux de la Table ronde qui reviendront vivants de cette haute quête et demandez-leur qu'ils prient Notre Seigneur d'avoir pitié de moi.

Puis il confessa ses péchés à un moine et reçut le Corpus Domini ; après quoi il dit encore :

– Doux ami, je vous requiers maintenant d'ôter votre épée de mon corps.

En pleurant, messire Gauvain mit la main à la poignée et doucement retira la lame qu'il avait plongée dans la poitrine de son ami. Mais le blessé s'étendit d'angoisse entre les bras d'Hector, et son âme abandonna son corps.

Alors les deux chevaliers songèrent à tant de prouesses qu'ils lui avaient vu faire, et ils commencèrent de mener le plus grand deuil dont on ait jamais entendu parler : sachez que messire Gauvain pâma de douleur plus de trois fois, coup sur coup. Puis ils ensevelirent leur compagnon dans un très riche drap de soie, que les moines apportèrent quand ils surent que le mort était fils de roi. Et sachez que messire Yvain fut enterré devant le maître-autel, sous une belle tombe où l'on écrivit son nom et le nom de celui qui l'avait occis. Mais le conte laisse maintenant ce propos pour dire ce qui advint à Bohor de Gannes.

XIV

Dans la forêt, il rencontra un religieux qui cheminait humblement sur son âne, sans nulle compagnie de sergents ni de valets, et, après avoir demandé au prud'homme s'il était prêtre, il lui requit confession : car Bohor n'était pas si fou que de se mettre en quête du Saint Graal tout sale et noir de péchés.

– En nom Dieu, répondit le religieux, si je refusais et que vous mourussiez en péché mortel par faute d'aide, vous me pourriez appeler au grand jour du Jugement devant la face de Jésus-Christ. Aussi vous conseillerai-je du mieux que je pourrai. Qui êtes-vous ?

– Bohor de Gannes, fils du roi Bohor et cousin de Lancelot du Lac.

– Certes, Bohor, vous devez être bon, si, comme dit Notre Sire, le bon arbre fait le bon fruit, car votre père fut un très prud'homme, et la reine Evaine, votre mère, une des meilleures dames du monde. Le fils du chat doit bien prendre souris.

– Sire, un homme extrait de mauvaise souche est changé d'amertume en douceur sitôt qu'il a reçu le baptême : c'est pourquoi il m'est avis que sa bonté ou sa méchanceté ne dépend pas de son père et de sa mère, mais de son cœur. Le cœur de l'homme est semblable aux avirons qui conduisent la nef soit au port ou au péril.

Tout en causant ainsi, ils étaient arrivés à la maison de l'ermite, où Bohor se confessa des offenses qu'il avait faites à son Créateur ; mais, bien qu'il eût vécu dans les folies du monde, il n'était souillé d'aucun autre péché de chair que celui qu'il avait commis jadis avec la fille du roi Brangore d'Estrangore, de qui était né son fils Hélain le blanc, et le prêtre s'en émerveilla ; pourtant il lui enjoignit de ne manger que pain et eau et de porter, en guise de chemise, une rude bure blanche sous un manteau vermeil jusqu'à la fin de la quête du Graal. Et Bohor reçut le Corpus Domini ; puis il reprit sa route, armé comme doit l'être un chevalier célestiel et bien défendu contre l'Ennemi.

XV

Vers l'heure de none, il vit un oiseau blanc comme laine qui arrivait à tire d'ailes et se perchait sur un arbre. Là, l'oiseau, trouvant ses petits tout froids morts dans leur nid, commença de mener grand deuil ; puis il se frappa la poitrine du bec, qu'il avait aigu et tranchant, si rudement que son sang jaillit. Et les oiselets, baignés de sang chaud, reprirent vie, tandis que leur père expirait entre eux.

Bohor continua son chemin, méditant sur la signifiance de cette aventure ; mais il n'avait pas fait une lieue galloise, qu'il vit passer deux fervêtus qui emmenaient son frère Lionel, habillé de ses seules braies, les mains liées, sur un roussin ; et ils le battaient au sang, mais sans lui arracher un cri, tant il était de grand cœur. Et Bohor allait s'élancer au secours de son frère, lorsqu'il aperçut d'autre part un chevalier tout armé, qui emportait une pucelle au plus épais de la forêt.

– Sainte Marie Dame, criait-elle, secourez-moi ! À l'aide !

Alors Bohor fit passer l'amour de Jésus-Christ avant son sentiment naturel, et, sans se soucier de son frère, il se jeta à la poursuite du chevalier qui enlevait la pucelle ; sachez que ce fut là une des choses dont Notre Sire lui sut le plus de gré.

Il vainquit sans peine le ravisseur ; mais, quand il voulut rejoindre ceux qui emmenaient Lionel il ne put les découvrir. Longtemps, il erra sous les arbres ; enfin il rencontra un homme vêtu comme un religieux et monté sur un grand cheval plus noir que mûre, qui lui demanda ce qu'il cherchait.

– Ha, sire, mon frère !

– Venez avec moi et vous le verrez.

Et le rendu le mena à quelque distance de là, où il lui montra dans un fourré le corps de Lionel, qui gisait, percé de coups, tout sanglant. À cette vue, quelle angoisse poignit Bohor au cœur ! Il chut à terre tout pâmé.

– Las ! doux frère, s'écria-t-il en revenant à lui, qui donc vous a traité si durement ? Jamais plus je ne connaîtrai la joie !

Ce disant, il prenait le mort dans ses bras et le serrait sur sa poitrine, menant si grand deuil que c'était merveille de le voir. Enfin, il demanda s'il n'était alentour quelque chapelle où l'on pût enterrer Lionel.

– Suis-moi, lui répondit l'homme vêtu d'une robe de religion. Mais tout d'abord sache que cette douleur t'est venue en punition de ton orgueil sans frein. Car tu es semblable à ce Pharisien qui disait en entrant au temple : « Beau Sire Dieu, je te rends grâce de ce que je ne suis pas aussi mauvais que mes voisins. » Et sache que cet oiseau que tu as vu et qui venait à toi à tire d'ailes signifie une demoiselle riche, belle et de bon lignage, qui t'aimera d'amour et te priera d'être son ami : si tu l'éconduis, elle en mourra de chagrin. Et les oiselets qui ont repris vie lorsqu'ils ont été baignés du sang de leur père, signifient les péchés que sa mort ferait naître : en effet, ce ne serait point par crainte de Dieu que tu l'éconduirais, mais pour être loué dans le siècle et pour avoir la vaine gloire du monde. Et ainsi tu serais plein de vanité et doublement homicide, car tu l'es déjà de ton frère que tu n'as pas secouru quand tu as préféré délivrer cette pucelle qui n'est pas de ta parenté. Regarde s'il valait mieux qu'elle fût forcée, ou qu'un des meilleurs chevaliers du monde fût occis !

À écouter de telles paroles, Bohor se sentait tout troublé. Et son guide ne tarda guère à lui montrer une sorte de chapelle toute vieille et ruineuse, au milieu de laquelle s'étendait une lame de marbre : il posa là-dessus le corps de Lionel et se mit en quête d'eau bénite ; mais il n'en trouva goutte.

– Bohor, lui dit l'homme vêtu des draps de religion, je reviendrai demain faire le service de ton frère. En attendant, nous nous hébergerons dans la maison voisine.

Le chevalier craignit, en refusant obéissance au prud'homme, de tomber encore dans le péché d'orgueil, et il l'accompagna à un manoir qui s'élevait non loin et où une dame, qui avait en elle toute la beauté terrienne, leur fit grand accueil.

XVI

Or, quand les lumières furent éteintes et que Bohor se fut endormi dans son lit, il advint qu'il fut réveillé par une main qui se posait sur son épaule, et il vit la dame du logis, en sa pure chemise, qui lui dit :

– Sire chevalier, faites-moi place, afin que je me couche auprès de vous.

Il repartit qu'il lui laisserait le lit ; et, ce disant, il se leva en chemise et en braies.

– Beau sire, reprit-elle, recouchez-vous : je vous promets que je ne vous toucherai que si vous le voulez. Mais faites-moi droit comme il sied à un chevalier.

– Je ne fis jamais tort ni vilenie à dame ou demoiselle et je ne commencerai point par vous.

– Grand merci. Vous savez bien que, selon la coutume du royaume de Logres, un chevalier doit secourir toute demoiselle qui requiert son aide, sous peine de perdre son honneur. Secourez-moi donc.

– Et comment ?

– En couchant avec moi.

– Etes-vous demoiselle ? On croirait que non, tant vous semblez ribaude. Aimassiez-vous un chevalier plus que tout, vous ne devriez pas lui dire de semblables paroles, ni à plus forte raison le requérir ainsi la première ! D'ailleurs je ne puis vous croire si folle : vous voulez sans doute m'éprouver ?

– Ha, Bohor, si je ne vous aimais pas plus que jamais femme n'aima, vous ferais-je une telle requête ? Je vous prie de me secourir comme je vous l'ai demandé. Si vous y manquez, je vous tiendrai pour failli et vaincu.

– Je me tiendrais pour vaincu bien davantage, dit Bohor, si je faisais ce que vous voulez !

– Remettez-vous donc au lit, sire chevalier ; je ne voudrais pas faire mon ami d'un honni, d'un recréant.

Bohor s'étendit entre les draps : aussitôt la félonne s'élança à ses côtés, et, le tirant par sa chemise, elle feignait d'être bien désireuse de l'embrasser. Mais lui, il la prit et la posa à terre où il la maintint quelque temps si rudement qu'elle ne pouvait bouger. Alors elle se mit à se plaindre, disant qu'elle se sentait malade, et à l'implorer.

– Pour Dieu, accordez-moi ce que je vais vous demander ! Ce ne sera pas contre votre honneur ! Mais il faut que je vous le dise à l'oreille.

Bohor se baisse : elle prend son temps et le baise sur la bouche. Irrité, il saute sur son épée, jurant qu'il lui couperait la tête si elle n'était femme. « C'est ce qu'on verra ! » dit-elle en courant encore à lui, les bras tendus. Il s'enfuit de la chambre, essuyant, frottant ses lèvres, et gravit jusqu'au faîte de la tour. Mais la demoiselle l'y suit bientôt, accompagnée de douze pucelles, et s'écrie :

– Voyez donc comme je mourrai pour l'amour de vous !

À quoi l'une des pucelles ajoute en pleurant :

– Ha, sire, faites ce que veut madame ou bien nous nous laisserons toutes tomber d'ici, car nous ne pourrions souffrir sa mort ! Jamais chevalier ne fit si grande déloyauté que de laisser mourir des femmes pour si peu de chose !

Bohor les prenait en grande pitié ; pourtant il aimait mieux qu'elles perdissent leurs âmes que lui la sienne, et il répondit qu'il ne ferait pas ce que voulait la dame, ni pour leur mort ni pour leur vie. Aussitôt la femme et les douze pucelles se laissèrent choir, l'une après l'autre, du sommet de la tour : dont il fut si émerveillé, qu'il leva la main pour se signer. Et dans le même instant le château et la fausse chapelle et le prétendu corps de son frère, tout disparut au milieu d'un si grand bruit qu'on eût cru que tous les diables de l'enfer hurlaient autour de lui ; et sans faute il y en avait plusieurs.

XVII

Alors il tendit ses mains vers le ciel et remercia Dieu. Et quand il eut prié, il comprit le vrai sens de ce qu'il avait vu le matin : et que l'oiseau blanc signifiait Notre Seigneur, et ses petits les hommes, qui furent comme morts jusqu'à ce que le Fils de Dieu fût monté sur l'arbre, c'est-à-dire sur la Croix, et eût été blessé au côté droit par la lance, couvrant de Son sang Ses créatures et leur rendant la vie.

Comme il chevauchait en roulant ces pensées, il rencontra six valets qui chantaient joyeusement ; ils portaient des écus à leur cou, menaient des chevaux en main et faisaient conduire devant eux une charrette pleine de lances. Bohor leur demanda où ils allaient avec tout ce harnais.

– Sire, nous sommes à Mélian du Lys et nous rendons au tournoi qui aura lieu demain au château de Cybèle. Sachez qu'on y verra les plus hauts hommes de Bretagne !

Bohor songea qu'il pourrait trouver à Cybèle quelques compagnons de la Table ronde ou tel qui lui donnât des nouvelles de son frère, et il suivit les traces des valets. Pourtant, sur l'heure de none, comme il passait devant une maison forte, il décida d'y demander à coucher parce que son cheval était fort las. Justement le vavasseur était devant sa porte, causant avec quelques sergents.

– Beau sire, dit-il à Bohor, s'il vous plaît de vous héberger ici, vous serez demain avant prime à Cybèle : c'est tout proche. Jamais je n'ai vu passer tant de belle chevalerie ni de si riches harnais !

Bohor entra dans la maison où des valets vinrent prendre son cheval et le désarmèrent sous l'orme de la cour ; puis, après qu'il eut été lavé et baigné par des pucelles, et qu'on lui eut mis un riche manteau d'écarlate sur les épaules, il fut conduit dans la salle où l'on servit le souper. Et certes rien n'y manqua de ce qui convient à corps d'homme : toutes les chairs les plus fines, oisons, chapons rôtis, poules, cygnes, paons, perdrix, faisans, hérons, butors ; toutes les sortes de venaison, cerfs, daims, sangliers, chevreuils, lapins ; poisson à foison, esturgeons, saumons, plies, congres, rougets, morues, barbues, mulets, bars, soles, brèmes, maquereaux gras, merlans replets, harengs frais ; toutes les sauces les mieux épicées, au poivre, à la cameline, au verjus de grain et en beaucoup d'autres guises ; brochets et lamproies en galantine ; anguilles et tourterelles en pâtés ; mille espèces de pâtisseries, tartes renversées, gaufres, oublies, gougères, flans, pommes d'épices, crépines, darioles, beignets, rissoles ; les vins les plus précieux, vin au piment, vin au gingembre, vin aux fleurs, vin rosé, moré, hysopé, claré, vin de Gascogne, de Montpellier, de la Rochelle, de Beaune, de Saint-Poursain, d'Auxerre, d'Orléanais, de Gâtinais, de Léonais, tant de vin qu'il y en eût eu assez pour emplir un vivier et que les garçons et bouviers en laissèrent dans les pots. Mais Bohor se contenta de couper trois tranches de pain, qu'il mangea après les avoir trempées dans un hanap d'argent plein d'eau.

– Beau sire, disait son hôte, ces mets ne vous plaisent-ils point ?

– Si fait, beau sire. Pourtant je ne mangerai aujourd'hui autre chose que ce que vous voyez.

Quand l'heure de dormir fut venue, le vavasseur conduisit Bohor dans une chambre tout illuminée, où il lui avait fait dresser un lit digne d'un roi : couvertures de vair, de petit gris, d'hermine, riches courtepointes, blancs oreillers, coussins, couettes, larges tapis bien ouvrés, rien n'y manquait. Mais Bohor n'accepta pas qu'on fît coucher aucun sergent auprès de lui, dans la chambre, et, quand tout le monde fut sorti, il éteignit les cierges, s'étendit sur le sol, à la dure, mit un coffre sous sa tête, et s'endormit dans la paix de Notre Seigneur après avoir fait ses prières et oraisons.

Et le lendemain, quand l'aube naquit et que le guetteur eut corné, il défit le lit de manière qu'on ne pût soupçonner qu'il n'y avait point couché ; ensuite il alla dans la chapelle entendre matines et le service du jour, et il se remit en route, après avoir recommandé son hôte à Dieu.

XVIII

Comme il débuchait dans la prairie de Cybèle, il aperçut une chapelle et s'y rendit tout aussitôt : car jamais il ne passa auprès d'une des maisons de Dieu sans y entrer, par révérence. Et, en approchant, il aperçut Lionel tout désarmé, assis devant la porte : aussitôt il sauta de son cheval et courut à lui joyeusement.

– Doux ami, depuis quand êtes-vous là ?

Lionel reconnut bien son frère ; pourtant il ne bougea point.

– Ce ne fut pas votre faute, dit-il en lui lançant un regard irrité, si je n'ai pas été occis, hier, par les deux chevaliers qui m'avaient pris en trahison ! Vous préférâtes secourir la demoiselle et me laisser en péril de mort : jamais un frère ne fit à son frère une telle déloyauté ! C'est pourquoi sachez que vous n'avez à attendre de moi que la mort.

À entendre Lionel parler ainsi, Bohor fut si dolent qu'il ne put que se jeter à genoux et le prier à mains jointes de pardonner. Mais l'autre courait déjà prendre ses armes et bientôt revint sur son destrier.

– Cœur failli, dit-il, je vous traiterai comme on doit faire un félon, car vous êtes bien le plus déloyal chevalier qui jamais soit né d'un prud'homme ! Montez sur votre cheval, sinon je vous occirai à pied comme vous voilà, et la honte en sera pour moi, mais le dommage pour vous !

Bohor ne savait que décider, car il ne voulait pas combattre son aîné à qui il devait révérence, ni blesser son frère. À nouveau, il s'agenouilla devant les pieds du cheval, en pleurant et criant merci. Mais le furieux poussa son destrier, qui abattit Bohor et le foula de telle sorte qu'il pensa bien mourir sans confession. Et quand Lionel vit son frère pâmé, il sauta à terre et il allait lui couper la tête, lorsqu'un vieux prêtre sortit de la chapelle et courut se jeter entre eux.

– Pour Dieu, franc chevalier, s'écria-t-il, aie pitié de toi et de ton frère ! Si tu l'occis, tu feras un trop grand et mortel péché !

– Sire prêtre, dit Lionel, ôtez-vous de là, ou bien je vous tuerai et il ne sera point quitte pour autant.

– J'aime mieux que tu m'ôtes la vie qu'à lui : ce ne sera pas si grand dommage.

Il n'avait pas achevé que Lionel, fou de colère, tirait son épée et lui défonçait la tête ; après quoi il se mettait en devoir de délacer le heaume de Bohor pour lui trancher le cou, lorsque Dieu voulut qu'un des compagnons de la Table ronde, qui avait nom Calogrenant, vînt à passer par là. Et voyant que Lionel se préparait à tuer son frère, il sauta à terre, le saisit par le bras et le tira si rudement en arrière qu'il le fit tomber.

– Cœur sans frein, êtes-vous hors de sens ? Voulez-vous occire votre frère germain ?

– Et vous, le voulez-vous secourir ? Si vous vous entremettez, je m'en prendrai à vous !

Ce disant, Lionel se relevait et retournait à Bohor.

– Ne soyez point si hardi que d'approcher de lui ! s'écria Calogrenant.

Déjà le furieux lui courait sus, l'écu levé, l'épée au poing. Mais Calogrenant était bon chevalier et de grande force, en sorte que la bataille dura assez longtemps pour que Bohor revînt à lui. Ah ! quel deuil il eut quand il rouvrit les yeux ! Si Calogrenant tuait Lionel, il sentait qu'il ne connaîtrait plus jamais la joie ; si Lionel tuait Calogrenant, qui combattait pour lui, il serait honni à jamais ; et comment les séparer, quand il était lui-même en si mauvais point ? À ce moment, Lionel commençait de prendre le dessus, et l'autre, son écu dépecé, son heaume décerclé, blessé en dix endroits, n'attendait plus que la mort, lorsqu'il aperçut que Bohor regardait la bataille, assis sur son séant.

– À l'aide, Bohor ! cria-t-il. Jetez-moi hors de ce péril où je me suis aventuré pour vous, qui êtes plus preux que je ne suis !

À grand'peine Bohor se remit debout, se signa et rajusta son heaume, gémissant de pitié à voir le cadavre du prêtre qu'il venait de découvrir. Mais Lionel à cet instant, d'un dernier coup d'épée, jetait mort Calogrenant, et aussitôt courant à son frère qui encore une fois le priait humblement de pardonner, il lui assena un tel revers sur le heaume qu'il lui fit plier les genoux. En pleurant, Bohor tira alors son épée, et il allait frapper pour se défendre, lorsqu'un brandon de feu tomba du ciel entre les deux frères, fulgurant comme la foudre et si flamboyant que leurs écus en furent brûlés et qu'ils churent tous deux sur le sol, où ils demeurèrent pâmés durant un aussi long temps qu'il en faut pour faire une lieue à pied.

Quand il reprit son haleine, Bohor reconnut que Lionel n'avait point de mal et remercia Dieu. Puis il s'approcha de son frère, qui était encore tout étourdi :

– Vous avez mal agi, lui dit-il, en tuant ce prêtre et ce chevalier qui était notre compagnon à la Table ronde et le cousin germain de monseigneur Yvain, fils du roi Urien. En nom Dieu, veillez que leurs corps soient mis en terre et qu'on leur rende les honneurs qui leur sont dus.

– Et vous, murmura Lionel, ne resterez-vous ici jusqu'à ce qu'ils soient ensevelis ?

– Non. Je vais au rivage de la mer, où je sais que quelqu'un m'attend.

Là-dessus, Bohor enfourcha son destrier et s'en fut. Et il chevaucha tant qu'il arriva au bord de la mer. Et là il vit une nef, la plus haute et la plus riche qui ait jamais été, sur laquelle Perceval le Gallois lui faisait signe de monter. Il y entra après s'être recommandé à Jésus-Christ ; mais, à son grand regret, il n'eut pas le loisir d'y faire passer son cheval : à peine y eut-il mis le pied, le vent frappa les voiles et la nef cingla vers la haute mer, légère comme l'émerillon volant sur sa proie. Mais le conte laisse maintenant cette nef et retourne à Galaad, le bon chevalier.

XIX

Après avoir quitté le châtel aux Pucelles, il mit à fin maintes aventures dont le conte ne dit mot ; mais c'est qu'il y aurait trop à faire si l'on voulait les narrer l'une après l'autre. Un jour, dans un tournoi, il rencontra monseigneur Gauvain et Hector, et il ne les reconnut point, car ils avaient changé leurs armes, mais eux, sitôt qu'ils eurent aperçu l'écu blanc à la croix vermeille, ils se dirent l'un à l'autre :

– Voilà l'écu dont le roi Ydier nous a parlé : c'est Galaad ! Celui qui l'attendrait serait fou, car rien ne peut durer contre lui.

Or, dans le même instant, le bon chevalier arrivait, fracassant comme la foudre, et au passage, d'un seul coup d'épée, il fendit le heaume et la coiffe de fer de monseigneur Gauvain, lui trancha le cuir et la chair jusqu'à l'os et lui fit vider les arçons. Ce que voyant, Hector s'éloigna un peu, tant parce qu'il songea que c'eût été sottise que de se mesurer contre l'homme capable de donner de tels coups, que parce qu'il devait aimer et protéger son neveu Galaad plutôt que le combattre. Et tous les chevaliers du tournoi furent dolents quand ils surent que c'était monseigneur Gauvain qui avait été navré de ce grand coup, car il était l'homme du siècle le plus connu et le plus aimé de toutes gens. Ils le portèrent au château où il fut désarmé et couché dans une chambre, loin du bruit ; puis ils mandèrent un médecin et lui promirent qu'ils le feraient riche s'il guérissait le blessé. À quoi le mire s'engagea.

Galaad cependant continuait son chemin. Et bientôt il vit venir à sa rencontre une demoiselle tout enveloppée de voiles de lin, qui lui dit :

– Galaad, suivez-moi, en nom Dieu ! Je vous mènerai à la plus haute aventure qu'un chevalier ait jamais connue.

Elle le conduisit droit au rivage de la mer. Là se trouvait la nef qui portait Perceval et Bohor.

– Sire, soyez le bienvenu, s'écrièrent les deux chevaliers, car nous vous avons longuement attendu !

Alors le bon chevalier et la pucelle ôtèrent à leurs chevaux le frein et la selle et leur donnèrent la liberté pour qu'ils trouvassent leur pâture ; puis, après avoir fait le signe de la croix, ils entrèrent dans la nef qui cingla vers le large aussitôt.

XX

Or, lorsqu'elle vogua en pleine mer et que les trois chevaliers se furent conté leurs aventures, Perceval regarda la demoiselle, qui s'était dévoilée, et il reconnut la muette qui s'était mise à parler le jour qu'il avait été armé chevalier par le roi Artus et qui l'avait fait asseoir à la Table ronde, celle qu'on nommait la Pucelle qui-jamais-ne-mentit.

– Seigneurs, dit-elle aux trois chevaliers, je vous annonce premièrement, comme à ceux que j'aime le plus au monde, que, si vous n'aviez pas une foi parfaite en Jésus-Christ, vous péririez sur cette nef. Et maintenant regardez de part et d'autre.

Ils visitèrent le navire et, en examinant toutes choses, ils découvrirent sous des courtines de soie le plus beau et riche lit qui ait jamais été. Au pied, quelqu'un avait posé une couronne d'or. Sur le chevet gisait une épée à demi tirée de son fourreau, qui était de très riche façon. Le pommeau était d'une seule pierre qui avait toutes les couleurs de la terre, et chacune de ces couleurs avait sa vertu. La poignée était faite de deux côtes : l'une du serpent nommé papaguste qui vit en Célidoine et qui a ce don que l'on ne sent jamais une trop grande chaleur lorsqu'on en serre un des os dans sa main, quelle que soit l'ardeur du soleil ou du feu ; la seconde côte était d'un petit poisson nommé ottonax qui habite dans le fleuve Euphrate et dont la vertu est telle : qui tient un de ses os oublie toute joie ou douleur passée, et se souvient seulement de la raison qu'il a eue de le prendre. Ainsi était la poignée de l'épée, et l'on y lisait :

Je suis merveilleuse à voir, plus merveilleuse à connaître, car nul ne me peut empoigner, pour grande que soit sa main, hormis celui à qui je suis destinée.

– En nom Dieu, dit Perceval, je verrai si c'est moi !

Mais vainement il essaya de prendre l'arme par le pommeau, et Bohor après lui ; quant à Galaad, il déclara qu'il ne tenterait l'aventure que lorsqu'il aurait vu toutes les merveilles de l'épée. En effet, sur la lame à demi dégainée, des lettres vermeilles comme du sang disaient ceci :

Que nul ne soit si hardi que de me tirer du fourreau s'il ne doit mieux frapper et plus hardiment que tout autre, ou bien il en mourra.

– Par ma foi, dit Galaad, je n'y mettrai pas la main !

– Attendez, sire, répondit la pucelle, d'avoir tout regardé.

Le fourreau était de la couleur d'une rose sèche et fait d'une peau de serpent. Mais les renges par lesquelles on devait le suspendre au ceinturon ne convenaient nullement à une si belle épée, car elles étaient d'étoupe de chanvre ou de quelque autre vile matière, et si faibles en outre qu'elles n'auraient pu supporter le poids de l'arme sans rompre. Et ceci était inscrit en lettres d'azur et d'or sur le fourreau couleur de rose :

Malheur à qui voudrait changer ces renges, car elles ne doivent être ôtées que par une fille de roi et de reine, et qui demeure pucelle toute sa vie : en leur place elle mettra la chose d'elle-même qui lui sera le plus chère, et elle appellera cette épée par son droit nom et moi par le mien.

Lorsque la pucelle leur eut lu cette inscription, les trois chevaliers se mirent à rire, disant que c'étaient là merveilles. Et ils remarquèrent alors le lit qui était de bois et muni de trois fuseaux : le premier, planté au chevet, était plus blanc que neige neigée ; le second s'élevait en face du premier, et il était plus rouge que sang naturel ; le troisième s'étendait au sommet de ces deux-là, qu'il réunissait, et il était aussi vert qu'une émeraude. Telles étaient les couleurs des trois fuseaux, sans nulle peinture, car ils provenaient tous trois de l'arbre de science dont Ève avait emporté un rameau pour cacher sa nudité quand elle fut chassée du Paradis terrestre ainsi qu'Adam ; et comment cela arriva, puis comment le roi Salomon, par le conseil de sa femme, fit bâtir la nef incorruptible et planta les fuseaux autour du lit sur lequel il plaça l'épée merveilleuse qu'il avait faite ; comment enfin la nef s'en alla toute seule sur la mer, où Nascien y monta et où personne ensuite ne la rencontra plus avant Galaad et ses compagnons, le livre de Merlin l'Enchanteur a suffisamment devisé de tout cela, en sorte qu'il n'y a pas d'utilité à le répéter : cela alourdirait ce conte-ci, qui est très bon. Il faut seulement dire ce qui ne l'a pas encore été : c'est que, lorsque la nef fut prête et que toutes choses y eurent été disposées, Salomon la fit amarrer au rivage ; et la même nuit il eut un songe : il vit un Homme qui descendait du ciel en compagnie de beaucoup d'anges et qui arrosait tout le navire d'eau bénite, disant : « Cette nef signifiera ma nouvelle maison » ; ensuite l'Homme faisait écrire des lettres sur le bordage par un ange de sa compagnie ; après quoi Il s'évanouissait de telle manière, avec les siens, qu'on n'aurait su dire ce qu'il était devenu. Le lendemain, sitôt que Salomon fut éveillé, il alla voir la nef et trouva que les lettres tracées par les anges disaient ceci :

Ô homme qui veux entrer en moi, garde-toi de le faire si tu n'es plein de foi, et sache que je ne te soutiendrai plus et que je t'abandonnerai si tu tombes jamais en mécréance.

Et à peine eut-il lu cela, les voiles de la nef se gonflèrent et le vent l'emporta sur la mer, où elle disparut en peu de temps. Et ce songe est de grand sens, car il montre que la nef incorruptible de Salomon signifie Sainte Église : c'est pourquoi il méritait d'être rapporté dans cette histoire.

XXI

Le conte dit ici que les trois compagnons de la pucelle regardèrent longuement le lit, les fuseaux et l'épée, et tant qu'ils découvrirent sous le chevet une riche aumônière. Perceval qui n'hésitait jamais, étant simple d'esprit, l'ouvrit aussitôt et il y trouva un bref où était donnée la signifiance de la nef et de tout le reste.

– Il nous faut aller en quête de la demoiselle qui changera ces renges, dit Galaad, car nul ne doit tirer cette épée ni l'ôter d'ici avant que ce soit fait.

– Beau sire, dit alors la Pucelle-qui-jamais-ne-mentit, s'il plaît à Dieu, l'épée aura ce qui lui manque.

Et elle tira d'un écrin qu'elle avait apporté des renges bien ouvrées, ornées de pierreries, munies de deux boucles d'or, et toutes faites de cheveux blonds, si beaux qu'on les eût pris pour des fils d'or.

– Sire, reprit-elle, voici les renges qui conviennent. Je les ai faites de la chose de moi que j'aimais le plus : mes cheveux. Et s'ils m'étaient chers, ce n'est pas merveille, car j'avais l'une des plus belles chevelures du monde ; mais, le jour de la Pentecôte que vous fûtes armé chevalier, je la fis tondre et la tressai pour former ces renges que vous voyez.

– En nom Dieu, demoiselle, fit Bohor, vous nous mettez hors de peine ! Et maintenant, sire, dit-il à Galaad, nous vous prions de ceindre cette épée aux étranges renges.

– Laissez-moi auparavant tenter de l'empoigner, répondit Galaad, car, si je n'y réussis, c'est qu'elle n'est pas pour moi.

Ce disant, il saisit l'épée aux étranges renges et la serra si aisément que ses doigts se croisaient ; puis il la tira et elle parut, belle et claire au point qu'on s'y fût aisément miré. Alors la demoiselle la lui ceignit, après lui avoir ôté celle qu'il portait, qui valait bien une comté et qu'elle donna à Perceval.

– Peu me chaut maintenant de mourir, dit-elle, car j'ai fait chevalier le plus prud'homme du siècle !

– Demoiselle, répondit Galaad, je suis vôtre à toujours.

XXII

Cependant, la nef vogua toute la nuit et au matin aborda dans la marche d'Écosse non loin d'un château fort qui avait nom Cartelois. Les trois compagnons et la Pucelle-qui-jamais-ne-mentit descendirent et, voyant au loin les tours de la forteresse, ils résolurent de s'y rendre à pied à travers bois. Mais la forêt était épaisse, en sorte qu'ils s'y perdirent peu après qu'ils y furent entrés.

– Savez-vous ce que nous ferons ? dit la pucelle. Prions le Haut Maître de nous indiquer notre voie.

Ils se mirent à genoux et demeurèrent en prières et oraisons depuis l'heure de prime jusqu'à celle de tierce ; et, après ce temps, ils virent sortir d'un fourré un cerf plus blanc que fleur naissante au pré, qui portait au cou une chaîne d'or ; autour de lui marchaient quatre lions, deux en avant, deux en arrière, qui le gardaient avec autant de soin qu'une mère son enfant ; mais ils passèrent devant la pucelle et les chevaliers sans leur faire aucun mal.

– Suivons-les, dit-elle, car cette aventure est de par Dieu.

Ainsi firent-ils, et ils arrivèrent bientôt à une chapelle où ils entrèrent derrière les animaux. Un prêtre revêtu des armes de Notre Seigneur se préparait à y dire la messe du Saint-Esprit. Mais, à peine avait-il commencé, Galaad et ses compagnons virent le cerf se changer en un Homme qui s'assit dans une riche chaire dessus l'autel, tandis que les quatre lions se muaient l'un en homme, le second en aigle, le troisième en lion ailé, le quatrième en bœuf ; puis tous quatre soulevèrent la chaire où siégeait l'Homme et s'envolèrent par une verrière sans briser un seul carreau. Et Galaad, Perceval, Bohor et la Pucelle-qui-jamais-ne-mentit connurent ainsi que les cinq bêtes qui les avaient conduits signifiaient Jésus-Christ et les quatre Évangélistes.

XXIII

Ils passèrent la nuit chez le prud'homme ; mais le lendemain, la messe ouïe, ils reprirent leur chemin vers le château. Et, comme ils y arrivaient, ils en virent sortir une dame qui portait à la main une écuelle d'argent, escortée de onze chevaliers armés.

– Seigneurs, demanda-t-elle, cette demoiselle est-elle pucelle ?

– Par ma foi, répondit Perceval, elle est telle que le jour qu'elle naquit !

– Il lui faut donc se soumettre à la coutume du château.

Et là dessus l'un des chevaliers prit par le frein le palefroi de la demoiselle.

– Sire, s'écria Perceval courroucé, vous n'êtes guère sage ! Sachez qu'en quelque lieu qu'elle soit, une pucelle est libre et franche de toute coutume.

Mais la dame à l'écuelle reprit :

– Chaque pucelle qui passe ici doit emplir cette écuelle du sang de son bras droit.

– Dieu m'aide ! j'aimerais mieux être mort de vilenie que de laisser faire cela !

Et, sans plus de paroles, Perceval rendit la main, piqua des deux et laissa courre sur les gens du château, suivi de ses deux compagnons. Telle fut leur attaque, que sans doute les dix chevaliers eussent été occis, si quarante autres fer-vêtus n'étaient accourus à la rescousse. Mais Galaad frappait si fort de l'épée aux étranges renges qu'il navrait tous ceux qu'il touchait ; quant à Perceval et Bohor, ils ne faisaient pas moins d'armes : si bien qu'à la nuit noire ils combattaient encore. Et voyant cela, l'un des chevaliers proposa de remettre la bataille au lendemain et offrit aux trois compagnons de s'héberger au château.

– Seigneurs, dit aux trois compagnons la Pucelle-qui-jamais-ne-mentit, allez-y puisqu'il vous en prie !

Et elle entra avec eux dans la forteresse, où tous quatre furent très bien accueillis. Après le souper l'un des chevaliers leur dit :

– Sachez, seigneurs, qu'il y a un an, la dame de ce château devint lépreuse par la volonté de Notre Seigneur. Nous mandâmes vainement tous les médecins et maîtres de physique, jusqu'à ce que l'un d'eux nous dît enfin que, si nous pouvions avoir une pleine écuelle de sang de pucelle, vierge par volonté et par actions, pour en oindre notre dame, celle-ci guérirait rapidement. C'est pourquoi nous résolûmes de prendre la première qui passerait.

– Seigneurs, dit la pucelle, je puis donc guérir cette dame : ne dois-je donner mon sang ?

– Par ma foi, vous n'en sauriez réchapper sans mourir : vous êtes trop faible et trop tendre, répondit Perceval.

– Mais, si je mourais pour la guérir, ce serait honneur pour moi et ma parenté. Et si je n'essaye, il vous faudra vous battre encore demain : dont viendront des pertes plus graves que celle de mon corps. Je vous prie de permettre que je donne mon sang.

Alors Galaad, Bohor et Perceval le lui octroyèrent doucement.

Le lendemain, après la messe, on amena la dame du château : elle avait le visage si défait et si mangé qu'on s'émerveillait de la voir vivre encore.

– Dame, lui dit la pucelle, je vais mourir pour votre guérison ; priez Dieu pour mon âme.

Elle se fit ouvrir la veine du bras au moyen d'une lamelle tranchante comme un rasoir, et son sang coula jusqu'à emplir l'écuelle. Alors son cœur s'évanouit : elle pâma dans les bras de ses compagnons.

– Beaux doux seigneurs, dit-elle en reprenant son haleine, je vous prie de ne pas enterrer mon corps dans ce pays : quand je serai morte, mettez-moi dans une nacelle sans voiles ni avirons, et j'irai où mon aventure me mènera. Demain, vous vous séparerez : chacun de vous suivra sa voie ; mais sachez qu'un jour vous vous retrouverez, car ainsi le veut le Haut Maître.

Et quand ils lui eurent promis de faire sa volonté, elle reçut le Corpus Domini, puis trépassa du siècle. Cependant on lavait dans son sang la dame du château qui fut ainsi nettoyée de sa lèpre et dont la chair redevint aussi belle et fraîche qu'elle était auparavant noire, obscure et laide à voir. Galaad, Perceval et Bohor firent embaumer le corps de la morte non moins richement que si c'eût été celui d'un empereur ; après quoi ils le placèrent sur une nacelle sans voiles ni avirons, avec un bref où était relaté tout ce que la pucelle avait fait ; enfin ils poussèrent la nacelle à la mer, et le vent l'emporta, gaillarde et légère.

Tant qu'ils purent la voir, ils demeurèrent sur le rivage, pleurant si amèrement qu'on n'aurait su les entendre sans s'émouvoir, et ils ne voulurent pas rentrer dans le château où était morte celle qui jamais ne mentit : ils firent apporter leurs armes et amener au dehors les chevaux qu'on leur donna. Mais le conte laisse ici de parler d'eux pour un moment, voulant reprendre le propos de Lancelot.

XXIV

Désarmé, étendu en croix au bord du fleuve qu'il ne pouvait franchir, il pria Notre Seigneur jusqu'à ce que la nuit se fût mêlée au jour, puis jusqu'à ce que le soleil abattît la rosée. À ce moment une nacelle qui voguait sans voiles ni avirons vint aborder devant lui : alors, il reprit ses armes et il y monta en faisant le signe de la croix.

À peine y eut-il mis le pied, il sentit toutes les meilleures odeurs du monde, sa faim fut rassasiée, son cœur baigné de la plus douce joie : dont il rendit grâces à Dieu d'abord. Ensuite il se retourna et découvrit, sur un lit très riche, une pucelle morte dont venaient les parfums. Auprès du corps était un bref qui disait comment elle avait changé les renges de l'épée que portait présentement Galaad, et tout ce qui lui était arrivé, ainsi qu'à ses trois compagnons, et comment elle était morte pour guérir une étrangère : car c'était la Pucelle-qui-jamais-ne-mentit. Et, quand il connut tout cela, Lancelot fut encore plus joyeux que devant.

Un mois et plus, il navigua sur la nacelle, et si quelqu'un demande de quoi il vécut durant tout ce temps, le conte répondra que Celui qui fit jaillir l'eau de la roche pour abreuver le peuple d'Israël y veilla : chaque matin, en finissant son oraison, quand Lancelot avait prié Dieu de lui envoyer son pain comme le père à son fils, soudain il se sentait plein de la grâce de Notre Seigneur et il lui semblait qu'il était empli de toutes les bonnes viandes du monde.

Une fois que la nef côtoyait une forêt, il entendit un grand bruit de branches rompues et de feuilles froissées, et il vit un chevalier qui galopait sous les arbres aussi vite que son cheval pouvait aller. D'elle-même la nacelle aborda, et le chevalier y entra après avoir dessellé, débridé et chassé son destrier. Et quand il ôta son heaume pour se signer, Lancelot reconnut Galaad. Il courut à son fils, les bras tendus, et tous deux s'accolèrent et l'eau du cœur leur monta aux yeux. Ils voguèrent de compagnie plus d'une demi-année, accostèrent des îles étrangères et menèrent ensemble de merveilleuses aventures à bonne fin par la grâce du Saint Esprit. Mais ce conte du Graal n'en dit rien : aussi bien, s'il voulait rapporter toutes choses comme elles advinrent, il n'en finirait point.

Après Pâques, il arriva que la nacelle s'approcha d'une pointe de terre sur laquelle attendait un chevalier couvert de blanches armes, qui tenait par le frein un destrier plus blanc que la fleurette d'avril.

— Galaad, cria-t-il, vous avez été assez longtemps en compagnie de votre père. Allez maintenant à votre aventure.

Alors Galaad baisa Lancelot en pleurant.

— Beau doux sire, lui dit-il, je ne sais si je vous reverrai jamais. Je vous recommande à Notre Seigneur : qu'il vous maintienne à Son service !

Il sortit de la nacelle, monta sur le destrier blanc, et, piquant des deux, s'en fut à toute bride, droit comme carreau d'arbalète.

XXV

Et la nacelle vogua un mois encore. La trentième nuit, elle aborda près d'un château beau et très fort, et Lancelot entendit une Voix.

– De par Dieu, disait-elle, descends et entre dans ce château : tu y trouveras partie de ce que tu cherches.

Le temps était gracieux et serein, et la lune luisait, belle et claire, de façon que Lancelot vit bien que la porte de la forteresse était ouverte ; mais il aperçut qu'elle était gardée par deux lions et il dégaina son épée pour les combattre. Aussitôt une main flamboyante apparut, qui le frappa rudement au bras, et de nouveau la Voix dit :

– Homme de peu de foi, pourquoi te fies-tu si peu à ton Créateur ? Crois-tu t'aider mieux de tes armes que de Lui ?

Du coup qu'il avait reçu, Lancelot demeura quelque temps étourdi, tellement qu'il ne savait plus s'il était jour ou nuit. Mais, en revenant à lui, il remercia Notre Seigneur d'avoir daigné le réprimander ; puis il remit son épée au fourreau, se signa et fut droit aux lions qui s'assirent et ne firent pas seulement mine de le toucher.

La porte franchie de la sorte, il reconnut le Château aventureux. Il suivit la grande rue sans voir personne, entra dans le palais qui semblait vide, traversa la salle silencieuse où le clair de lune coulait sans bruit par les verrières et fut arrêté par une porte close, derrière laquelle une voix chantait la gloire de Dieu avec tant de douceur qu'on sentait bien qu'elle n'était pas d'un homme mortel. Là, il s'agenouilla, suppliant Jésus-Christ de lui montrer l'objet de sa quête, comme la Voix le lui avait promis. Alors, d'elle-même, la porte s'ouvrit.

Il en sortit une grande clarté, si grande qu'on eût cru que le soleil tout entier était dans cette chambre et dardait ses rayons. Et quand il fut remis de son premier éblouissement, Lancelot aperçut le Saint Graal sur une table d'argent, recouvert d'une soie vermeille, tout entouré d'anges qui portaient les uns des encensoirs, les autres des cierges, d'autres la croix ou des ornements d'autel, et qui servaient un homme vêtu comme un prêtre, semblant dire la messe et élever l'hostie. À cette vue, Lancelot se mit debout et voulut passer le seuil, mais aussitôt un coup de vent lui vint à l'encontre, brûlant autant qu'un brasier ardent : tout disparut à ses yeux et il tomba comme mort.

Le lendemain, les gens du château le trouvèrent devant la porte, aussi inerte et muet qu'une motte de terre. Ils le portèrent dans un lit très riche où il demeura vingt-quatre jours en transes, sans manger, sans boire, sans remuer, sans sonner mot, car sachez que Notre Sire voulut qu'il perdît le pouvoir de son corps et de ses membres durant autant de jours qu'il avait été d'années au service de l'Ennemi. Enfin il se réveilla, environ midi, vit sa haire qui pendait à une perche et voulut la reprendre, faisant paraître un grand chagrin de l'avoir quittée. Mais le roi Pellès le riche Pêcheur, qui était là, lui dit :

— Beau sire, vous pouvez bien laisser votre haire, car votre quête est achevée. Vous ne saurez pas plus de la vérité du Saint Graal que ce que vous avez vu.

Toutefois Lancelot revêtit la haire, et par-dessus il passa une robe de lin et une d'écarlate, qu'on lui apporta ; puis il demanda des nouvelles de la fille du roi Pellès dont il avait eu son fils Galaad. Quand il apprit qu'elle était morte, il en sentit une très grande douleur en son cœur. Pourtant, l'heure du manger venue, lorsqu'il vit la colombe blanche voler par la salle, portant au bec son encensoir d'or ; puis le Saint Graal paraître, suspendu dans l'air sous son voile de lin, et passer devant les tables, d'où les mets les plus délicieux semblaient sortir ; et qu'il trouva devant lui tout autant de bonnes viandes qu'il y en avait devant les chevaliers du château : alors il connut que Dieu l'avait favorisé de Sa grâce et son deuil s'apaisa.

XXVI

Cependant qu'il mangeait à côté du roi Pellès, un chevalier armé de toutes armes et monté sur un grand destrier entrait dans le Château aventureux et suivait la maîtresse rue ; mais, à l'instant qu'il arrivait devant le palais, toutes les portes s'en fermèrent d'elles-mêmes. Le fer-vêtu s'approcha de la grand'porte et cria qu'on lui ouvrît ; puis, voyant qu'on n'en faisait rien, il commença de supplier qu'on le laissât entrer, tout en pleurant et lamentant si fort qu'enfin le riche roi Pêcheur alla à une fenêtre et lui dit :

– Sire chevalier, retournez dans votre pays, car vous n'entrerez point ici tant que le Saint Graal y sera. Sans doute êtes-vous de ceux qui ont laissé le service de Jésus-Christ et pris celui de l'Ennemi ? Je vous prie de me dire votre nom.

– Sire, j'ai nom Hector des Mares, frère de monseigneur Lancelot du Lac, compagnon de la Table ronde.

– En nom Dieu, reprit le roi, je suis dolent de ce qui vous advient, car votre frère est céans.

– Ha, Dieu, ma honte s'accroît de plus en plus ! dit Hector en baissant la tête.

Là-dessus, il fit tourner son cheval et regagna aussi vite qu'il put la porte de la ville, hué par les habitants. Et sachez qu'il pleurait si fort que ses larmes coulaient jusqu'à terre.

Lorsqu'il apprit du roi Pellès ce qui venait de se passer, Lancelot non plus ne put empêcher que l'eau du cœur ne lui vînt aux yeux. Et, le repas fini, il annonça qu'il lui fallait retourner au royaume de Logres dont il était parti depuis un an. Il revêtit ses armes, prit congé du roi ; puis, monté sur un bon destrier qu'on lui avait donné, il s'éloigna tristement. Et quand il eut cheminé un trait d'arc et qu'il se retourna pour apercevoir une dernière fois le Château aventureux du Graal, il ne vit plus qu'une plaine nue.

Quelques jours plus tard, passant près d'une abbaye, il remarqua dans le cimetière une grande et belle tombe qui lui parut nouvellement faite. Il s'en approcha et lut des lettres écrites qui disaient :

Ci-gît Yvain le grand, fils du roi Urien de Gorre, que tua Gauvain, neveu du roi Artus.

Certes, tout autre que monseigneur Gauvain, Lancelot l'eût poursuivi et occis, car il aimait chèrement le fils du roi Urien. Mais il se contenta de prier, puis il reprit son chemin et peu après il parvint à la cour.

XXVII

La plupart des compagnons de la Table ronde étaient de retour, et aucun d'eux n'avait eu d'aventures, car ils étaient tous trop souillés de péchés pour être dignes de la haute quête célestielle du Saint Graal ; mais on disait que beaucoup s'étaient entre-tués sans se reconnaître, et que messire Gauvain en avait occis plus de vingt à lui tout seul.

– Beau neveu, lui dit un jour le roi Artus, je vous requiers, de par le serment que vous me fîtes lorsque je vous armai chevalier, de m'enseigner combien de nos compagnons vous avez tués de votre main.

– Hélas, sire, répondit messire Gauvain après avoir un peu pensé, il m'est avis que j'en ai bien tué douze, non que je fusse meilleur chevalier qu'aucun d'eux, mais telle fut ma malchance.

– Ha, Gauvain, c'est là une grande malchance, et elle vous advint en punition de vos péchés ! Mais n'avez-vous pas occis mon neveu Yvain qui ne revient point ?

– Oui, sire, et aussi Aiglin des Vaux, et Agloval, et Bédover, et Keheddin le petit, et Carmaduc le noir, et Marganor, et Keu d'Estraux, et Blioberis, et Banin, et Malquin le Gallois, et Mélior de l'Épine. Je n'ai jamais rien fait qui m'ait causé autant de chagrin.

– En nom Dieu, beau neveu, le cœur m'en saigne ! Je perds plus par leur mort que par celle de mille chevaliers !

Ce disant, le roi se mit à pleurer amèrement ; et durant un mois il eut un tel chagrin que pour un peu plus il fût devenu fou. La reine, de même, voyant la froide mine que lui faisait Lancelot, laissait les larmes couler jour et nuit sur son clair visage. Et tous les prud'hommes aussi menaient grand deuil. Mais le conte retourne maintenant à Galaad qui chevauche par la forêt sur un destrier couleur de neige, après avoir laissé son père dans la nef de la Pucelle-qui-jamais-ne-mentit.

XXVIII

Durant un an il erra, et il fit si bien qu'il acheva toutes les aventures du royaume de Logres, et, parce qu'en lui ne brûlait pas le mauvais feu de luxure, il éteignit la tombe de Siméon et la fontaine bouillante du roi Lancelot, puis il fit rentrer en terre les douze épées nues qui entouraient le tombeau flamboyant de Chanaan. Ainsi fut délivré Chanaan comme Siméon l'avait été ; et pourquoi ils avaient été châtiés par Notre Seigneur, le conte l'a rapporté en temps et lieu, de sorte qu'il n'y a pas d'utilité à le répéter.

Enfin Galaad rencontra Perceval et Bohor : l'occasion les rassembla comme elle les avait séparés. Ils chevauchèrent tous trois de compagnie, et, le jour même, Dieu voulut qu'ils découvrissent enfin le Château aventureux, où le roi Pellès le riche Pêcheur les festoya, car il savait bien que par leur venue la haute quête serait mise à fin. Et sachez qu'il ne put s'empêcher de pleurer de tendresse en retrouvant son petit-fils, et comme lui pleurèrent tous ceux de ses chevaliers qui avaient jadis connu Galaad enfant.

Aussitôt que les trois compagnons furent désarmés, Héliezer, le fils du roi Pêcheur, leur apporta l'épée brisée dont Joseph d'Arimathie avait été frappé à la cuisse, comme le conte de Galehaut l'a dit. Et dès que Galaad eut pris en main les deux tronçons, ils se rejoignirent si exactement que nul homme au monde n'eût su voir où la lame avait été rompue : en sorte que chacun jugea que c'était là un bon commencement.

Mais, à l'heure de vêpres, soudain le ciel se couvrit, un grand vent souffla dans le palais, et une chaleur s'y répandit, telle que plusieurs pensèrent brûler et tombèrent de la peur qu'ils eurent, en même temps qu'une Voix criait :

– Que ceux qui ne doivent avoir place à la table de Jésus-Christ s'en aillent !

Tout le monde sortit à ces mots, et il ne demeura que Galaad, Perceval et Bohor. Au bout d'un instant, ils virent entrer quatre demoiselles pleurant à chaudes larmes, qui portaient un lit de bois très richement muni de draps de soie, où tout était blanc comme neige ; et là dedans gisait un corps soit d'homme ou de femme, on ne pouvait le savoir, car il avait le visage couvert d'un linge. Les pleureuses déposèrent le lit et s'en allèrent. Et bientôt les quatre compagnons virent les solives du plafond s'écarter de façon que le ciel parut, puis un homme vêtu comme un évêque, crosse en main et mitre en tête, descendit à travers les airs, assis sur une chaire que soutenaient quatre anges ; et sur son front brillaient des lettres qui disaient :

Voyez-ci Josephé, le fils de Joseph d'Arimathie, le premier évêque des chrétiens, que Notre Sire sacra lui-même en la cité de Sarras, au palais spirituel.

L'évêque se leva et fut se prosterner devant le Saint Graal qui venait d'apparaître sur sa table d'argent. Alors les quatre anges qui étaient venus avec lui apportèrent deux cierges ardents, un morceau de soie vermeille et une lance d'où suintaient, par la pointe, de grosses gouttes de sang. L'évêque plaça cette lance dans le Graal et de manière que le sang y tombât ; puis il commença de célébrer la sainte messe. Quand le moment fut venu, il prit dedans le très précieux vase une oublie en forme d'hostie et, comme il l'élevait, on vit un Enfant descendre des cieux, le visage aussi rouge et embrasé que feu, qui se jeta dans le pain ; après quoi Josephé remit l'oublie dans le Saint Graal. Enfin il acheva le service de la messe, donna le baiser de paix à Galaad qui le transmit à ses compagnons, et s'évanouit si parfaitement que nul n'eût su dire ce qu'il était devenu.

À ce moment, les trois chevaliers virent sortir du saint vase un Homme qui saignait des pieds, des mains et du côté, et ils se prosternèrent, le front dans la poussière.

– Mes sergents, mes loyaux fils, leur dit l'Homme, vous qui en ce monde êtes devenus célestiels, asseyez-vous à Ma table. Les chevaliers du Château aventureux et d'autres ont été repus de la grâce du Saint Graal, mais jamais ils n'ont été admis à prendre place ici comme vous.

Pleurant si tendrement que leurs faces étaient toutes mouillées de larmes, les trois compagnons s'approchèrent de la table d'argent, et Galaad s'y assit au milieu, et Perceval à sa droite, et Bohor à sa gauche. Et l'Homme prit le Saint Graal, vint à Galaad qui s'agenouilla, les mains jointes, et lui donna son Sauveur ; puis de même aux autres ; et la suavité qui alors leur entra dans le corps, nulle langue ne saurait la dire.

– Fils, dit l'Homme à Galaad, sais-tu ce que je tiens dans Mes mains ?

C'est l'écuelle où Jésus-Christ mangea l'agneau le jour de Pâques avec Ses disciples et où Joseph d'Arimathie recueillit le sang du Sauveur. Maintenant tu as vu la vérité que tu désirais, mais non pas si bien encore que tu la verras au palais spirituel dans la cité de Sarras, où il te faut accompagner le Saint Graal avec Perceval et Bohor. Toutefois, guéris auparavant Mordrain, le roi mehaigné, en l'oignant du sang de cette lance, qui est celle dont Longin frappa ton Sauveur en croix.

Ayant dit, l'Homme bénit les trois chevaliers ; puis Il disparut. Et Galaad, écartant le linge qui couvrait le corps gisant dans le lit qu'avaient apporté les pleureuses, découvrit un homme qui paraissait bien avoir quatre cents ans d'âge et qui portait une couronne d'or sur la tête. Il vint toucher de sa main le sang de Notre Seigneur qui coulait de la lance et en oignit Mordrain, lequel retrouva aussitôt la vue et le pouvoir de son corps, qu'il avait perdus par la volonté de Dieu, comme le conte en a autrefois devisé. Le vieux roi se mit sur son séant, les épaules et la poitrine nus jusqu'au nombril, et levant les mains au ciel :

– Beau doux Père Jésus-Christ, dit-il, maintenant je Te supplie de venir me chercher, car je ne pourrais trépasser en plus grande joie qu'à présent : je ne suis plus que roses et lis.

Il prit Galaad dans ses bras, l'étreignit par les flancs, le serra sur sa poitrine, et dans le même instant Notre Sire prouva qu'il avait entendu sa prière, car l'âme lui partit du corps et il mourut, la tête sur l'épaule du bon chevalier.

XXIX

Environ minuit, les trois compagnons sortirent du palais, et le lendemain ils veillèrent que le roi mehaigné fût enseveli comme il convenait à un roi. Puis ils prirent leurs armes, enfourchèrent leurs destriers et cheminèrent tant que, le quatrième jour, ils parvinrent au rivage de la mer. La nef de Salomon les y attendait, où ils virent le Saint Graal à nouveau couvert d'une soie vermeille, sur sa table d'argent. Dès qu'ils y furent montés, le vent les emporta. Et c'est de la sorte, sachez-le, que ceux du royaume de Logres perdirent pour leurs péchés le très précieux vase : tout de même que Notre Sire le leur avait envoyé, il le leur retira.

Longtemps la nef vogua et nulle terre n'était en vue. Un jour, Perceval et Bohor dirent à Galaad :

– Sire, vous ne vous êtes jamais couché dans le lit aux trois fuseaux, quoique le bref dise que vous devez y reposer.

Galaad s'y coucha et s'endormit, la couronne d'or sur la tête. Et, quand il se réveilla, la nef était devant la cité de Sarras. Alors il prit la table d'argent, sur laquelle se trouvait le Saint Graal, pour la transporter au palais spirituel avec l'aide de Perceval et de Bohor. Mais, comme ils allaient entrer dans la ville, ils virent un homme impotent qui mendiait à la porte, et Galaad qui était las, car la table était lourde, l'appela et lui demanda de l'aider.

– Ha, sire, que dites-vous ? répondit le mendiant. Il y a bien dix ans que je ne me traîne plus qu'à l'aide de ces deux bâtons.

– Essaye, fais de ton mieux.

Aussitôt l'homme se leva, sain comme s'il n'avait jamais été malade, et, courant à la table, il aida Galaad à la soutenir. Ainsi arrivèrent-ils devant le roi.

C'était un mécréant, extrait de lignage sarrasinois. Quand il vit que les trois compagnons étaient désarmés, il s'écria qu'ils étaient larrons et enchanteurs, et les fit prendre et enfermer dans une chartre obscure. Mais Notre Sire ne les oublia pas : il leur envoya le Saint Graal pour les réconforter, les repaître et leur tenir compagnie. Et, le dernier jour de l'année, le roi tomba malade et mourut. Comme il n'avait ni enfants ni parents, les habitants s'assemblèrent en parlement pour désigner son successeur. Or, tandis qu'ils étaient réunis, ils entendirent une Voix :

– Prenez, disait-Elle, le plus jeune des trois chevaliers que le roi a fait emprisonner à tort : il vous défendra et tiendra le royaume en paix.

Ainsi fut fait : les gens de Sarras vinrent délivrer Galaad et lui posèrent la couronne sur la tête, malgré qu'il en eût. Et son premier soin fut de bâtir une arche d'or et de pierres précieuses pour recevoir le Graal et la table d'argent dans le palais spirituel.

XXX

Chaque matin, il venait avec ses compagnons pour faire ses prières et oraisons devant le saint vase, et ainsi durant une année. Le premier jour de l'an, ils y trouvèrent l'évêque Josephé qui battait sa coulpe, à genoux, tout entouré d'anges. Au bout d'un moment, il se leva et commença de dire la messe de la glorieuse Mère de Dieu ; puis, quand il eut ôté la patène du Saint Graal, il appela Galaad et lui enjoignit de regarder ce qu'il avait tant désiré de voir. Le roi avança et, sitôt qu'il eut jeté les yeux à l'intérieur du très précieux vaisseau et considéré les choses spirituelles, il se mit à trembler et levant les mains au ciel :

– Sire, je te crie merci d'avoir ainsi accompli mon désir ! Et maintenant je te supplie de permettre que je trépasse de cette vie terrestre à la célestielle.

Il reçut humblement le Corpus Domini, que Josephé vint lui offrir ; puis il vint baiser Perceval et Bohor et les recommanda à Jésus-Christ.

– Beaux doux amis, leur dit-il, vous garderez cette cité quand je n'y serai plus.

Ayant dit, il se coucha en croix et son âme laissa son corps et fut emportée par les anges à grande joie.

Or, dès qu'il eut expiré, une main sans corps, qui répandait une merveilleuse clarté, descendit et ravit au ciel le vase très saint. Depuis lors il n'y a jamais eu aucun homme, si hardi fût-il, qui ait osé prétendre qu'il l'avait vu. C'est pourquoi le conte s'en tait à présent. Et ici finit le livre des aventures du Saint Graal.